愛 玲 說

愛玲說

劉紹銘　著

中文大學出版社

《愛玲說》
　劉紹銘 著

© 香港中文大學 2015

本書版權為香港中文大學所有。除獲香港中文大學
書面允許外，不得在任何地區，以任何方式，任何
文字翻印、仿製或轉載本書文字或圖表。

國際統一書號（ISBN）：978-962-996-676-8

出版：中文大學出版社
　　　香港 新界 沙田・香港中文大學
　　　傳真：+852 2603 7355
　　　電郵：cup@cuhk.edu.hk
　　　網址：www.chineseupress.com

Eileen Says (in Chinese)
　By Joseph S. M. Lau

© The Chinese University of Hong Kong 2015
All Rights Reserved.

ISBN: 978-962-996-676-8

Published by　The Chinese University Press
　　　　　　　The Chinese University of Hong Kong
　　　　　　　Sha Tin, N.T., Hong Kong
　　　　　　　Fax: +852 2603 7355
　　　　　　　E-mail: cup@cuhk.edu.hk
　　　　　　　Website: www.chineseupress.com

Printed in Hong Kong

目 錄

乙輯

序：課室內的張愛玲

舊事重提。2000年秋，嶺南大學主辦了一個張愛玲研討會。第一天晚飯開席前，公關部同事傳話，説有「好事者」問為甚麼會議不請張愛玲參加。

當時忙着招呼客人，沒有打聽「好事者」是誰。事後也沒有「跟進」。何必讓人家難堪呢，到時自己總會發現的。憑常識看，「好事者」對「祖師奶奶」的興趣，不過是閒來無事茶餘酒後的一個「八卦」話題，不可能是奉張愛玲為「教母」的粉絲。説不定他僅從電影《色戒》或〈傾城之戀〉認識張愛玲這個名字。

張愛玲成大名後，大大小小的作品陸續成為高等學府中碩士生博士生爭相研究的題目。但讓張愛玲小姐在普羅大眾日常生活中成為閒聊對象的，不因她是〈金鎖記〉或《秧歌》的作者，而是因她極不尋常的家族背景與個人經歷。在敵偽時期的上海，她一度是胡「逆」蘭成的夫人。在戰後上海小報文人的眼中，她更是勾搭美國大兵的「吉普女郎」。

後來祖師奶奶到了美國，下嫁一位年紀比她大一截家無恆產的舊時老美「左翼」作家。懷過孕但流了產。老美丈夫身故後，張

小姐離群索居，在加州過着「拒人千里」的生活。至親好友(如夏志清先生)給她寫信，有時也要等一年半載才得到她一張明信片作回音。但張小姐畢竟曾經一度是「臨水照花人」，她的私生活愈神秘，愈引起好事者尋根究底的興趣。

台灣在上世紀七八十年代吹起了「張愛玲熱」，大小報章都搶着刊登奶奶的起居註。戴文采女士受報館之托到美國訪問奶奶，始終不得其門而入，心生一計，租住奶奶公寓隔壁房間，方便窺其私隱。每次看到奶奶出來倒垃圾，等她離開後就倒出盛在黑膠袋子的東西細細端詳一番。經戴文采的報導，現在我們知道奶奶愛用甚麼牌子的肥皂：Ivory和Coast。

張小虹對這個因張愛玲生前死後引起的「文化現象」用了兩個既殘忍又brutal的「學院派」名詞作界定：一是「嗜糞」(coprophilia)，一是「戀屍」(necrophilia)。這兩個名詞聽來恐怖，所幸張小姐歸道山已二十年，當年有關她種種的流風餘韻，隨着白頭宮女一一老去，再也「熱」不起來了。

張愛玲留給現代中國文學最珍貴的遺產是她「瘦金體」敍事的書法。新文學時期的作家，巴金、茅盾、老舍，你説好了，內容不説，單以文字看，都像亨利·詹姆斯説的「臃腫怪獸」(baggy monster)，一身贅肉，有時非得先拿起筆來削其肥脂才能看得下去。

我在舊文〈兀自燃燒的句子〉介紹過張愛玲的文字特色。開頭這麼說：「在中國近代作家中，錢鍾書和張愛玲均以意象慧盈、文字冷峭知名。」兩人相比，我還是覺得張愛玲的經營比較深入民心。錢鍾書博學，有資格目中無人，所用的譬喻和意象也因此刻薄成性。張愛玲眼中的眾生，包括自己在內。她在〈我看蘇青〉一文說：「我想到許多人的命運，連我在內的，有一種鬱鬱蒼蒼的身世之感。」

我說的「兀自燃燒」，說的是張愛玲有些句子，不必放在上下文的語境中也可見其「潛質之幽光」。且取〈金鎖記〉一段：

> 季澤把那交叉着的十指往下移了一移，兩隻拇指按在嘴唇上，兩隻食指緩緩撫摸着鼻樑，露出一雙水汪汪的眼睛來。那眼珠卻是水仙花缸底的黑石子，上面汪着水，下面冷冷的沒有表情。

看過〈封鎖〉的人，不會忘記那位二十五歲猶是「雲英未嫁」的大學講師吳翠遠，因為她手臂白得「像擠出來的牙膏」。因為她的頭髮梳成千篇一律的式樣，羞怯怯的，「唯恐喚起公眾的注意」。她不難看，可是她那種美是一種「模稜兩可的，彷彿怕得罪了誰的美」。

看《色·戒》電影，我們的注意力當然都落在男女主角身上。

可惜湯唯的「內心世界」，只能在文本窺探。且看佳芝等易先生出現時那種患得患失心情：「她又看了看錶。一種失敗的預感，像絲襪上的一道裂痕，蔭涼的在腿肚子上悄悄往上爬。」

不久前《印刻文學生活誌》出了特輯，以此作標題：「為自己預約一堂美好的文學課：初、高中國文課的文學注目。」我聽到前台灣師大附中同學李椒庭說，他在國文課遇上了張愛玲，深為〈天才夢〉中的彩句所震撼：「生命是一襲華美的袍，爬滿了蝨子。……在沒有人與人交接的場合，我充滿了生活的歡悅。」

李椒庭同學是在課堂內認識張愛玲的。靠文本聆聽祖師奶奶的聲音、揣摩她「臨水照花」的風貌。〈天才夢〉是張愛玲初試啼聲的作品，竟令這位當年尚未識愁滋味的小朋友「兩隻手臂的疙瘩全彈出來，被瞬間加快的心跳震得跳起波浪舞」。

沈雙在《零度看張：重構張愛玲》的編者序言這麼說：「我在香港教書過程中經常有學生對我說張愛玲就是中國現代文學的經典了。既是經典，就是美文的代表。但是我們這個集子裏有不少文章都特別提出了張愛玲不美及不雅的一面，她的污穢、她的俗氣、她的悲觀、她的『小』，以及她的艱難。」

這些有關祖師奶奶的評語，坦率得很，但也實情如此。也許因為我跟張小姐有過一面之緣，多次通過信，幫過她忙找差事，在這裏可以補充說一句，張小姐一旦離開了自己的文字空間跟別

人交往，一點也不可愛。上述那位李椒庭同學初識〈天才夢〉感受到「加快的心跳」。這可說明張小姐文字本身有教人過目難忘的魅力。

張愛玲離開大陸經香港赴美定居，可真是兩袖清風，生活靠的是美國基金會和大學的研究經費。張小姐流落香港時，對她照顧得不遺餘力的是宋淇先生和夫人。在美國定居後，夏志清先生因知她除寫作外別無其他謀生能力，到處給她寫推薦信申請研究經費。除一封接一封的介紹信外，夏公還替她的英文著作找出版社，可惜 Eileen Chang 沒有張愛玲的名氣，她的英文作品，一直在歐美找不到市場。

祖師奶奶晚年住公寓，常常搬家，幸得一班晚輩幫忙。其中有我的同學莊信正和詩人張錯。他們先替她跑腿找房子，然後動手動腳替她「搬家」。1995 年 9 月 8 日下午四時許，夏志清在紐約家居接到張信生教授從加州打來的電話告訴他張愛玲的死訊，當晚就寫了數千字長文〈超人才華，絕世淒涼〉悼念她。曾以各種形式對愛玲「淒涼」身世伸出援手的「粉絲」如莊信正、張錯、張信生等不會想到從她身上可以拿到甚麼回報。這倒是個文人相惜的好例子。

甲輯

張愛玲現象

夏志清編註的《張愛玲給我的信件》1997年4月起在《聯合文學》連載，中間斷了好一段時間，後來陸續刊登，至2013年2月停止，隨後即出了單行本。我手頭的版本是2013年3月印刷，3月10日經已是「初版五刷」。我們不知道一個月內的「初版五刷」的銷售量究竟是多少，但無論如何，一本不以八卦作招徠的作家書信集一上市就出現如此氣勢，大可視為英文所說的phenomenon，一種特殊現象。如果一般以作者生平為敘事文本的著作難有市場，那麼《張愛玲給我的信件》應是個「異數」。三十年來，「祖師奶奶」給夏先生寄過長的信件和短的明信片共有118封。志清先生寫信和覆信一向勤快，若不是張愛玲因多次搬家差不多全部失去（她有名言：「三搬當一燒」），夏先生自己或其他人經他授權也可整理出一本《夏志清給張愛玲的信件》。雖然在銷路上難以望愛玲書簡背項。但這些書信將會成為中國文學史上對「友情」的意義最動人心弦的詮釋。

　　幸好宋淇夫人鄺文美在張愛玲遺物中找到了十六封夏先生給愛玲的信。1987年6月27日發出的那封其中有這麼的一段：

今天明報月刊正月號登了你的中篇《小艾》，很轟動，同時「聯副」、「世副」曾連載過，我想台港美所有的張迷都在年初看了這篇你的舊作。「聯副」有你的地址，希望早把稿費寄你了。若未，你自己也不妨去問一聲。月前有機會同張健波通信，因此連帶問一聲，《小艾》稿費已寄張愛玲否。回信他說沒有你的通訊處，稿費至今存於會計處。我因之回信建議，他同我各寫一信，希望 one of us 得到你的回音，再按指示把稿費寄上。你不怕陌生，同張君通信也好，希望你獲得到你應得的 income。

張健波那時是《明報月刊》總編輯。張愛玲初來美時，一直希望以英文著作打進歐美市場，像林語堂一樣過風光生活，可惜她小說的題材和人物不合洋人的口味。她晚年在美國的生活，全靠稿費和版稅的收入。1966年夏天夏志清在台北初識皇冠出版社老闆平鑫濤。他寫信告訴張愛玲，得到了她10月3日的回信。夏先生在「按語」上說：

我們可以說，我同平鑫濤的初次會談，解決了張愛玲下半生的生活問題。愛玲只要我「全權代辦」有關《怨女》的「連載與出版單行本事」，但那次會談，我顯然向鑫濤兄建議為張愛玲出全集的事，而他必然也贊同，且答應在稿費和版稅這兩

方面予以特別優待。

1983年2月4日張愛玲寫信告訴夏先生:「**這些年來皇冠每半年版稅總有二千美元,有時候加倍,是我唯一的固定收入。**」

張愛玲離群索居,一直視住址和電話號碼為私隱。她有過三年沒覆志清先生信件的記錄。原來那些年她忙着生病、忙搬家、忙看牙醫,疲於奔命,「**剩下的時間,只夠吃睡,才有收信不拆看的荒唐行徑。**」

替人辦事,急人之急是古風。夏先生看到她小說在《明報月刊》刊出,就關心到她的稿費問題。他去信問張健波先生給張愛玲寄了稿費沒有,在禮貌上說來,這有點「越份」。這還不說,他還提議兩人各寫一信,希望其中一人得到張小姐的回音。套用俗話說,這正是活脫脫的「皇帝不急太監急」的現代版。

從張愛玲給夏志清的信件和他附加的「按語」中,我們可以看到他對她的照應可說無微不至。他跟她認交三十多年,但只見過兩三次面,而且都是跟朋友在一起的敍會中匆匆的一面。夏先生跟「祖師奶奶」的情誼,完全是一種筆墨之交。張小姐身體不好,一年到頭都感冒,他就建議她服用高單位的維他命C和E。她牙齒常出毛病,他就告訴她自己護齒的「秘方」,告訴她現在有一種電動牙刷叫Interplak,消除「牙斑」(plaque)很有效,大的藥房有

售，不妨買一支試用。

　　夏志清自跟張愛玲訂為筆墨之交以來，前前後後也為她跑了二十多年的腿。她以難民身分移民美國，嫁了老年多病的「過氣」作家賴雅（Ferdinand Reyher, 1891-1967），生活極為拮据。賴雅家無恆產，逝世時拿的社會福利金是五十二美元，連房租都不夠。張愛玲在丈夫生前死後的生活開支，靠的都是自己。開始時為香港好友宋淇服務的電影公司編寫劇本。六十年代中她得志清先生穿針引線，拿到基金會的津貼翻譯《海上花》。兩年後約滿又得靠夏先生「跑腿」找點**「小事做，城鄉不計，教書不合格，只能碰機會」**。這是 1968 年的事。

　　如果在上世紀民國三十年代初的上海，張愛玲要找些「小事做」，就憑《傳奇》帶來的名氣，要掛名「混」個閒職，「閒話一句」而已。但在花旗國家，張小姐只是十一個字母串出來的「外國人」。要在大學謀教職，沒有學術著作和博士學位，一般過不了銓敘儀式的第一關。逝世多年、曾先後任教芝加哥大學和史丹福大學的劉若愚（James J. Y. Liu）也沒有博士學位，但劉教授著作等身，名重士林，張愛玲在這方面跟他不能相提並論。

　　張愛玲也知道自己謀生條件之不足。她「自報家門」地跟志清先生說：**「我並不光是為了沒有學位而心虛，不幸教書的不僅是書的事，還有對人的方面，像我即使得上幾個博士銜也沒用。」**

六十年代初張小姐在香港編劇時，那時電影界的「天皇鉅星」李麗華慕其名，通過宋淇先生安排一個讓她一睹才女面目的機會。宋先生不負所托。張愛玲如約赴會，讓李麗華見過自己的面貌後，也沒有留下來寒暄，點心也沒有吃，轉身就告辭了。她孤絕冷漠的脾氣，彷似《世說新語·任誕篇》跑出來的人物。「**我最不會交際，只有非去不可的地方，當作業務去報到**」，她這麼跟志清先生解釋說。她衝着老朋友宋淇的面子把李麗華看作「業務」才去「報到」。

《秧歌》的英文版，1955年由極有地位的 Charles Scribner's Sons 公司出版，也是僅此一次，再沒接受她其他作品。她把脫胎於〈金鎖記〉的 *Pink Tears*（《粉淚》）改投到也是大公司的 Knopf。Knopf 的退稿信寫得極不客氣：「所有的人物都令人反感。如果過去的中國是這樣，豈不連共產黨都成了救星。我們曾經出過幾部日本小説，都是微妙的，不像這樣 squalid。我倒覺得好奇，如果這小説有人出版，不知道批評家怎麼説。」

《北地胭脂》經多家公司退稿後，張愛玲請夏先生代她找幾位「批評家與編輯看看」，特別指名要找的一位是夏先生在哥大的同事、日本文學教授 Donald Keene。六十年代初夏先生是哥倫比亞大學東亞系的 tenure professor，時有新學術著作問世，在美國的「漢學界」聲譽日隆，大可過着「人到無求」的清靜日子。可是受

了愛玲所托，不得不替她「跑腿」，跟本無任何業務關係的日本文學教授應酬。Keene是美國學者當中推介日本文學的大功臣，跟多家出版公司的關係密切。張愛玲特別點名請夏先生找他看稿，不是沒有理由的。夏先生只好「硬着頭皮」照辦。Keene也「居然」把《北地胭脂》看了，還寫了評語，可惜「反應並不太好」。

張愛玲的名聲，是夏先生在《中國現代小說史》中打造出來的。他既然是她作品的「代言人」，為她「跑腿」、寫介紹信、寫序言，辛苦是夠辛苦的，但也實在責無旁貸。這且不說，我想夏先生最感吃力的莫如怎樣向一個「想像的僱主」推薦一個在履歷表上除了年齡、籍貫和著作書目外不見「專上學位」和實際「工作經驗」的 Ms. Eileen Chang 的工作能力。愛玲說過「我找點小事做，城鄉不計」。不知道她心目中的「小事」是哪一行業。她拒人於千里，不合在辦公室當秘書。她體格如「臨水照花」，沒氣力到麥當勞賣漢堡。

通過夏先生的「穿針引線」，到了1969年張愛玲終於找到一份雖然不一定適合她性情與興趣但絕對是她可以勝任的工作：柏克萊加州大學中國研究中心的研究員。職務是解釋中共政治術語的專有名詞。她的頂頭上司是老前輩中國文學教授陳世驤。教人感到意外的是，她在「中心」工作才兩年，就給陳教授解聘。夏先生在張愛玲1971年6月10日給他的信的「按語」上說：「**這封長信**

是愛玲兩年間在加大中國研究中心的工作報告，也可以說是她在美國奮鬥了十六年，遭受了一個最大打擊的報告。」

張愛玲的「粉絲」，初聞「祖師奶奶」被陳教授「炒魷」，說不定會喊出 "How dare he!" 這種話來。陳教授是夏氏昆仲的舊識，出身北京大學，早在1949年前就落戶美國，在加州大學的中國研究界享有「元老」的地位。他的專業是中國古典文學。他著作不多，又無博士學位，但人脈極廣，很「吃得開」。五十年代底，濟安老師來美作「交換學人」，期滿後決定不回台灣。他當時是台灣大學外文系的名教授，到了美國，他是 Tsi-an Hsia (T. A. Hsia)。像 Eileen Chang 一樣，沒有博士學位的 T. A. Hsia 也曾歷盡「人離鄉賤」的辛酸。

最後陳世驤在加州大學的「中心」給夏濟安先生找到避難所。夏老師英國文學出身，到了加大的「中心」，當然不能再彈老調了。「中心」要他研究的工作，就是拿大陸報刊（或參考資料）中新出現的名詞術語作基礎，然後就此引申、解碼。夏老師接了這份差事，為稻粱謀，結結實實地寫了好幾篇「解碼」文章。代表作有：*Metaphor, Myth, Ritual and the People's Commune: A Terminological Study of the Hsia-Fang Movement* 和 *The Commune in Retreat as Evidenced in Terminology and Semantics*。

濟安先生1965年2月23日在柏克萊中風逝世後，我的老同學

莊信正博士補上了空缺。信正離開後就是愛玲了。

　　讀了張小姐給夏先生的長信，可見她在「中心」工作，一開始就不順利。人際關係，處處碰壁。她負責找新名詞，偏偏那兩年情形特殊，就是沒有新名詞。沒有新名詞讓她借題發揮，張愛玲只好寫了篇講文革定義的改變，「追溯到報刊背景改變，所以顧忌特多，沒有新名詞，最後附兩頁名詞」。

　　這篇報告，陳世驤説給了「中心」專代改英文的 Jack Service 和一個女經濟學家看，此外還有英文教授 Nathan。他們看了，都說看不懂。張愛玲拿回去通篇改寫後，陳教授仍説不懂。以下張陳一段對話，不好轉述，只合直引原文。引文內的「我」是張愛玲。

　　我笑着説：「加上提綱、結論，一句話讀八遍還不懂，我簡直不能相信。」

　　他（陳教授）生了氣説：「那是説我不懂囉？」

　　我説：「我是説我不能想像你不懂。」

　　他這才笑着説：「你不知道，一句話説八遍，反而把人繞糊塗了。」

　　我知道他沒再給人看，就説：「要是找人看，我覺得還是找 Johnson（主任），因為（中心）就這一個專家。」

　　他又好氣又好笑地説：「我就是專家！」

我説:「我不過是看過 Johnson 寫的關於文革的東西，沒看過 Service 寫的，也沒聽他説過。」

他沉默了一會，彷彿以為我是講他沒寫過關於中共的東西，立刻草草結束了談話，其實我根本沒想到，是逼急了口不擇言。他表示第一句就不清楚，我也改了寄去，也不提，堅持只要那兩頁名詞，多引上下句，以充篇幅，隨即解僱。

志清先生在「按語」説 1969 年 8 月 26 日陳世驤寫了一封祝賀他新婚的毛筆信，其中有一句説「**張愛玲女士已到此月餘，頗覺相得**」。由此可見陳教授對張小姐並無「宿怨」，並無先天「敵意」。看來張愛玲跟上司關係搞得這麼糟，完全因為她缺乏跟別人面對面溝通的耐心和興趣。即使是書信往來，也是三言兩語，從不浪費筆墨。如果不是因為自己給上司「解僱」、又怕陳教授跟夏先生「抱怨」，她也不會給夏先生寫千多兩千字的長信。

莊信正在「中心」上班後，也按照老師夏濟安的舊規，以文化大革命為題寫了一篇專門詞語的研究（"A Great Proletarian Cultural Revolution: A Terminological Study"）。名目雖説是「專論」，文末也附有十二頁中英詞語的 glossary。陳世驤有鑑於此，可能在跟張愛玲討論第一個研究計劃時，特別強調要有個 glossary。志清先生猜想，陳教授不會不讓她選擇一個敘述專題而強迫她另編一本中共

術語辭典的——「除非一開頭二人關係即已僵化」。

夏志清的「按語」接着又説：

> 假如世驤並無惡意地叫愛玲去編一本 glossary，她多看報刊之後，發現了那年的「名詞荒」，大可徵求他的同意去改寫一個題目的。只要她同世驤、美真兄嫂保持友善關係，甚麼事情都可以商量的，何況只是一個題目？……但世驤專治中國古代文學與文學理論，張愛玲的作品可能未加細讀。作為一個主管人，他只看到她行為之怪癖，而不能用欣賞她的文學天才和成就去包涵她的失禮和失職。在世驤看來，她來中心兩年，並未在行動上對他表示一點感激和敬愛；在研究中共詞語這方面，也可能從未向他請教過，只一人在瞎摸！最後寫的報告，他也看不懂，glossary 只有兩頁，還要語言頂撞！遷怒之下，陳教授把她「解僱」了。世驤對愛玲不滿意，曾在我面前表示過。

「按語」的開頭還有這幾句關鍵性的話：「**中心裏的主管和研究員都真是中國通。愛玲的一舉一動，極受她們的注意。她日裏不上班，早已遭人物議。一旦解僱，消息傳遍美國，對她極為不利，好像大作家連一篇學術報告都不會寫。**」

1966年夏天，我有緣在印第安那大學一個學術會議上跟

Eileen Chang 見過一次面。跟我一起到她旅館去看她的，還有我兩位學兄：胡耀恆和莊信正。Eileen 那時得照顧癱瘓在床的丈夫，又無固定收入，所以叮囑我們三個「小朋友」代她謀小差事。此事我曾在舊文〈落難才女張愛玲〉作了交代，這裏不妨簡單舊話重提。我穿針引線把 Eileen 介紹給我在 Miami 大學的「舊老闆」，讓她在大學當「駐校作家」，每月可拿千元的薪水。9 月 20 日她給我的信上說：「**病倒了，但精神還可支撐赴校長為我而設的晚宴。我無法推辭，去了，結果也糟透了。我真的很容易開罪人。要是面對的是一大夥人，那更糟。這正是我害怕的，把你為我在這兒建立的友誼一筆勾銷。**」

後來我在 Miami 的舊同事來信說，校長的晚宴，張小姐 overslept，睡過了頭。「駐校作家」本有 office hours 給學生的，她也難得見人。總之，關係搞得不好，一年過後沒有續約。

張愛玲一生的三個男人，都可看作是一種「孽緣」：一是對她諸般折磨虐待的鴉片煙鬼父親，其次是把她看作「小妾」的小漢奸胡蘭成，最後是「又窮又老」晚年「失禁」的賴雅。可幸的是，她性格雖然孤絕，不近人情，卻得到幾乎跟她無親無故的男人傾心傾力的照顧。套用舊小說的語言，夏志清先生是她的「恩公」。替她奔走書稿合同、版稅的事宜，次數多了，她不好意思，要給夏先生 commission。夏先生雖然從未富裕過，也沒要過她一文錢佣

金。她晚年時有書信往來的是莊信正兄。他替她跑腿找房子，搬家時動手動腳給她拉行李，都是無償的，不求回報的。對於這些「古道熱腸」的朋友的幫忙，私底下張小姐是怎樣看待他們的？1967年5月14日她給夏先生的信說：「**千萬不要買筆給我，你已經給了我這麼多，我對不知己的朋友總是千恩萬謝，對你就不提了，因為你知道我多麼感激。**」

　　張小姐雖然「命苦」，但我們這些算不上她「知己」的「張迷」在這「寒嗖嗖」的世界中也算對她不薄。

落難才女張愛玲

月來整理歷年朋友書信，想不到從 1966 年至 1967 年間，張愛玲給我的信，竟達十八封之多。

第一封是中文寫的（1966 年 5 月 26 日），上款落「紹銘先生」。這麼「見外」，因為大家從未見過面。

同年 6 月我們在印第安那大學一個會議上第一次碰頭。記得跟我一起到客房去拜訪這位日後被王德威恭稱為「祖師奶奶」的，還有兩位印大學長，莊信正和胡耀恆。

那天，張愛玲穿的是旗袍，身段纖小，教人看了總會覺得，這麼一個「臨水照花」女子，應受到保護。

這麼說，聽來很不政治正確。但女人家看到年紀一把的「小男生」，領帶七上八落，襯衣扣子眾叛親離，相信也難免起惻隱之心的。

張愛玲那段日子不好過，我早從夏志清先生那裏得知。這也是說，在初次跟她見面前，我已準備了要盡微力，能幫她甚麼就幫甚麼。

我在美國大學的第一份差事，是在 Ohio 州的 Miami 大學，時

維1964年。次年轉到夏威夷。一年後拿到博士學位，才應聘到麥迪遜校區威斯康辛大學。

不厭其詳的交代了這些個人瑣事，無非是跟「祖師奶奶」找差事有關。

根據鄭樹森〈張愛玲‧賴雅‧布萊希特〉一文所載，賴雅（Ferdinand Reyher）1956年跟張愛玲結婚時，「健康已大不如前，但仍寫作不輟；直至六十年初期才放棄」。

也許是出於經濟考慮，張愛玲於1961年飛台轉港，經宋淇的關係，接下了電懋影業公司的一些劇本，其中包括《南北和》續集《南北一家親》。

賴雅是三十代美國知名作家，曾在好萊塢寫過劇本，拿過每周起碼五百美元的高薪。依鄭教授解讀現存文件所得，他該是個「疏財仗義」的人物。

「疏財仗義」總不善理財。張愛玲回港趕寫劇本，「可能和當時賴雅體弱多病，手頭拮据有關。及至六十年代中葉，賴雅已經癱瘓，……」

由此可以推想，她在印大跟我和我兩位學長見面時，境況相當狼狽。如果不是在美舉目無親，她斷不會貿貿然的開口向我們三個初出道的毛頭小子求助，托我們替她留意適當的差事。

「適當的差事」，對我們來說，自然是教職。六十年代中，美

國大學尚未出現人浮於事的現象。要在中國文史的範圍內謀一棲身之地，若學歷相當，又不計較校譽和地區，機會還是有的。

夏志清的 *A History of Modern Chinese Fiction*（《中國現代小説史》）於1961年由耶魯大學出版。先生以顯著的篇幅，對張愛玲小説藝術和她對人生獨特的看法，一一抽樣作微觀分析。一落筆就毫不含糊地説：「對於一個研究現代中國文學的人説來，張愛玲該是今日中國最優秀最重要的作家。……〈金鎖記〉長達五十頁；據我看來，這是中國從古以來最偉大的中篇小説。」

在《小説史》問世前，張氏作品鮮為「學院派」文評家齒及。在一般讀者的心目中，她充其量不過是一名新派鴛鴦蝴蝶説書人而已。

夏先生的品題，使我們對張愛玲作品的看法，耳目一新。也奠定了她日後在中國文壇的地位。但這方面的成就，對她當時的處境，毫不濟事。要在美國大學教書，總得有「高等」學位。學士、碩士不管用。要入僱主的候選名單，起碼得有個博士學位。當然也有例外，如劉若愚。但劉教授能在美國知名的芝加哥大學立足，靠的是等身的學術著作。

「祖師奶奶」欠的就是行家戲稱的「工會證書」（the Union card）：博士學位。

志清先生平生肝膽，因人常熱。他急忙幫張愛玲找差事，想

當然耳。我自己和其他曾在台大受業於濟安先生門下的同學，愛屋及烏，也一樣不遺餘力地為她奔走。他們接二連三地發信給已在大學任教的舊識。結果總是徒勞無功。理由如上述。

我的前輩中，為張愛玲奔走，劍及履及的，有羅郁正教授。他每次寫信給他的「關係網」，例必給我副本。求援的信件中，有一封是給Iowa大學作家「工作坊」的Paul Engle教授。事情沒有成功，因為那年的名額已經分派，給了詩人瘂弦。

六十年代中，電動打字機尚未流行。羅先生用的是舊式品種，手指按鍵盤真要點氣力。用複寫紙留副本，更費勁了。

郁正先生古道熱腸，可見一斑。

我結識張愛玲時，因出道不久，「關係網」只及近身的圈子。投石問路的地方，順理成章是Miami、夏威夷，和威斯康辛。

夏威夷和威斯康辛對我鄭重推薦的「才女作家」沒興趣。Miami大學的John Badgley教授倒來了信。他是我在Miami大學任教時的老闆。信是1966年7月27日發的。謝天謝地，該校原來在二十年代有過禮遇「駐校藝術家」（artist-in-residence）的先例。

經Badgley教授幾番斡旋，終於說服校方請張女士駐校七個半月。

依張愛玲同年8月15日來信所說，她每月拿到的酬勞，約為千元。

我 1964 在 Miami 拿的講師年薪，是七千元。除應付房租和日常開支外，還可分期付款買二手汽車。

張愛玲對每月千元的待遇，滿不滿意，她沒有說。不過，她 7 月 2 日給我的信中，對自己的處境這麼描述：

> 即使你不告訴我有關學界中耍手段、玩政治的情形，我對自己能否勝任任何教職，也毫無信心。這方面的活動，非我所長。適合我需要的那類散工，物色多年，仍無眉目。這也不是一朝一夕能解決的事。你關心我，願意替我留心打聽，於願已足，亦感激不盡。目前生活，還可將就應付。為了寫作，我離群索居，不必為衣食發愁，因此除日常必需品，再無其他開支。但不管我多小心照顧自己，體重還是不斷減輕。這是前途未明，憂心如焚的結果。你和你的朋友雖常為我解憂，但情況一樣難見好轉。

信是英文寫的。以上是中譯。張愛玲給我的十八封信中，中文只有五封。我給她的信也是英文居多。用打字機「寫」信，既比「引筆直書」方便，也較容易留副本。

1966 年 9 月，她離開美國首都華盛頓，到了 Ohio 州的「牛津鎮」（Oxford），Miami 大學所在地。除了 Miami 外，牛津鎮還有 Western College，是一家小規模的女子「貴族」學院。

張愛玲寄居的地方，就是這家女子學校。

9月20日她來信（英文）說：

……病倒了，但精神還可支撐赴校長為我而設的晚宴。我無法推辭，去了，結果也糟透了。我真的很容易開罪人。要是面對的是一大夥人，那更糟。這正是我害怕的，把你為我在這兒建立的友好關係一筆勾消。也許等我開始工作時，感覺會好些。

事後我向朋友打聽，愛玲那晚赴校長之宴，結果怎麼「糟透了」（turned out badly）的真相。

大概朋友不想我這個「保人」聽了尷尬，只輕描淡寫的說她這個貴賓遲遲赴會還不算，到場後還冷冷淡淡，面對校長請來為她「接風」的客人，愛理不理。

最近看到一篇文章，提到張愛玲留港期間，那時的「天皇鉅星」李麗華慕其名，通過宋淇先生安排一個讓她一睹才女面目的機會。

宋先生不負所托。張愛玲如約赴會。出人意表的是，她沒有留下來寒喧，見了我們的「影后」一面，點心也沒有吃，就告辭了。

她說自己「真的很容易開罪人」（do offend people easily），一點也沒說錯。

張愛玲在 Miami 的「差事」，不用教書，但總得作些演講和會見有志學習寫作或對中國文學有興趣的學生。

對起居有定時的「上班族」來說，這應該一點也不為難。但張愛玲孤絕慣了，要她坐辦公室面對群眾，確有「千年未遇之變故」的惶恐。

「今晚我到 Badgley 家吃飯」，她 10 月 12 日來信（中文）說：

> 別人並沒來找我。有兩處學生找我演講，我先拖宕着，因為 Badgley 說我不如少講個一兩次，人多點，節省時間。與學生會談的課程表明天就將擬出。周曾轉話來叫我每天去 office 坐，看看書。我看書總是吃飯與休息的時候看。如衣冠齊整，走一里多路到 McCracker Hall 坐坐看書，再走回來，休息一下，一天工夫倒去了大半天，一事無成。我想暫時一切聽其自然，等 give a couple of talks 後情形或會好一點。

信上提到的「周」，是我 1965 年離開 Miami 後的「接班人」。

張小姐大概沒有好好的守規矩，沒有按時到辦公室恭候學生大駕。

1967 年 3 月，她接到東部貴族女子學院 Radcliffe 的通知，給她兩年合約，做她要做的翻譯工作。

離開 Miami 前，她來了封英文信（1967 年 4 月 12 日）：

周起初顯然把我看成是他的威脅。他轉來院長的指示，要我每天到辦公室，光去看書也成。我告訴他這可不是Badgley跟我的協定。後來我跟Badgley見面，提到這件事。他好像有點不太高興。自此以後，我每次提到周時，他總是顯得很不自然似的。周怎麼扭曲我的話，我不知道。我本沒打算以這些瑣事煩你。我怕的是他在你面前搬弄是非。

周先生是否把張愛玲視為「威脅」，局外人無法聽一面之詞下判斷。他們間如果真有爭執，誰是誰非，就我寫本文的動機而言，可說「無關宏旨」。

看來她沒有把「駐校藝術家」的任務看作一回事，否則院長不會出此「下策」，「傳令」她每天到辦公室去，「光去看書也成」。

在Radcliffe耽了兩年後，張愛玲幸得陳世驤教授幫忙，到柏克萊校區加州大學的中國研究中心做事。茲再引鄭樹森文章一段：

張愛玲日間極少出現，工作都在公寓；上班的話，也是夜晚才到辦公室。一九七一年間，任教哈佛大學的詹姆士・萊恩（James Lyon）教授，為了探討布萊希特的生平事跡，通過賴雅前妻的女兒，追趕至柏克萊，在初次求見不遂後，終於要在夜間靜待張愛玲的出現。雖然見面後張愛玲頗為親切，但

不少查詢仍以書信進行，其雅好孤獨，可見一斑。

張愛玲在加大中國研究中心服務期間，中心的主任是陳世驤教授。換了一個不知張愛玲為何物的僱主，一來不一定會錄用她。二來即使用了，會否讓她「日間極少出現」，大成疑問。

本文以「落難才女張愛玲」為題，在感情上已見先入為主的偏袒。在「封建」時代，末路王孫迫於環境而操「賤業」，謂之「落難」。

張愛玲出身簪纓世家。如果不因政治變故而離開上海，輾轉到美國當「難民」，她留在香港繼續賣文、編電影劇本，生活縱使不富裕，但最少可讓她過晨昏顛倒的「夜貓子」生活。

遠適異國，張愛玲變了 Eileen Chang。身世悠悠，已經諸多不便。更不幸的是生活逼人，不善敷衍而不得不拋頭露面，與「學術官僚」應酬。不得不「衣冠齊整」，一小時挨一小時的在光天化日的辦公室裏枯坐。

如果我們從這個角度去看，那張愛玲的確有點像淪落天涯的「末路王孫」。

但話得分兩頭。前面說過，我用「落難」二字，因在感情上有先入為主的偏袒。為甚麼偏袒？因為我認識的，是張愛玲，「是今日中國最優秀最重要的作家」。

我認識的，不是 Eileen Chang。

在異國，Ms. Chang 一旦受聘於人，合該守人家的清規。現實逼人，有甚麼辦法？主人隆重其事的替你接風，你卻遲到欺場，難怪人家側目。

胡適回台灣出任中央研究院院長前，在美國流浪過一段日子。唐德剛先生覺得他這段生活過得狼狽，「惶惶然如喪家之犬」。

他也是落難之人。

這篇文章，拉雜寫來，沒有甚麼「中心思想」，或可作「張愛玲研究補遺」這一類文字看。

緣起

王德威在〈祖師奶奶的功過〉一文提到，把張愛玲稱作「祖師奶奶」，可能是我的「發明」。大概是吧。七八十年代之間我有幸經常替台灣報紙主辦的文學獎小說組當評審。就取材與文字風格而言，當年曾過目的作品，不論是已發表的或是寄來應徵的，真的可說非張（張腔）即土（鄉土）。

我當時認為確有張派傳人模樣的作家，有蔣曉雲和鍾曉陽兩位。德威七十年代在威斯康辛比較文學系當研究生。他也是張迷。我們平日聊天，偶然也會就台灣的「張愛玲現象」交換意見。

後來德威「發現」了須蘭，隨即在《聯合文學》介紹她的作品。我讀後暗暗叫道，好呵！寂寞的張愛玲，「晚有弟子傳芬芳」。先是台灣、香港，現在傳人已返祖歸宗，回歸上海，果然是一派宗師風範。德威和我在言談間把張愛玲戲稱「祖師奶奶」，大概是緣於這一種認識。

1994年我回到香港，斷斷續續地看了不少黃碧雲的小說，心裏一直納罕，怎麼祖師奶奶的陰魂一直不散？

十多年前看過 Harold Bloom 初出道時寫的 *The Anxiety of*

Influence，説的是成名作家因受前輩的影響引發出來的「焦慮」。
Anxiety of influence 或可説是「師承的焦慮」。像蔣曉雲和鍾曉陽這
一道作家，文字既「系出張門」，理應對「祖師奶奶」作品的特色，
有別於尋常的看法。正因為他們不是學院中人，説話不「話語」
（discourse），行文不「夾槓」（jargon），任何一得之見，來個現身説
法，都應有可觀之處。

我思念多時，不能自已，乃把打算以「師承的焦慮」為主題籌
辦一個張愛玲作品研討會的構想，跟梁秉鈞（也斯）和許子東兩位
教授説了。我們三人「一拍即合」，決定分頭邀請作家和學者到嶺
南來參加這個會議。

我們當時認識到，若要這個會議辦得「別開生面」，就得突出
「師承的焦慮」這個主題。這就是説，邀請在文字上跟「張腔」有
些淵源的作家在會上「細説」一下他們「師承」的經過。

現在事實證明，我當時認為「別開生面」的構想，實在是個孟
浪得可以的主意。因為你認為某某作家是張派傳人是一回事，他
們怎樣看待自己的文章又是另一回事。若無「師承」，何來「焦慮」？

在這方面，王德威教授可説與我「同病相憐」，因為我們曾一
廂情願地把好些作家強收在張愛玲的族譜內。王安憶的《長恨歌》
出版後，他寫了一封信問她：「是不是跟張愛玲有一些對話的意
圖？」

結果呢？王德威在〈祖師奶奶的功過〉作了交代。他說得對，我們做研究的人常常自以為是，往往低估作家在創作時的苦心。

　　前面說過，我初讀黃碧雲，總不知不覺間把她和張愛玲拉關係。特別是讀《盛世戀》時，這種感受更濃得不可開交。後來看到黃念欣寫的〈《花憶前身》：黃碧雲VS張愛玲的書寫焦慮初探〉，心裏覺得好窩囊，因為我自鳴得意的「黃張配搭」，跡近「移贓嫁禍」。

　　且看黃念欣引黃碧雲寫的一段專欄文字：「我以為好的文學作品，有一種人文情懷：那是對人類命運的拷問與同情：既是理性亦是動人的。⋯⋯張愛玲的小說是俗世的、下沉的、小眉小貌的。⋯⋯張愛玲好勢利，人文素質，好差。」

　　以此觀之，今後「某某作家的祖師奶奶是張愛玲」這種話，慎不可說。細細想來，這也是對的。我們若說那位「文學工作者」的祖師爺爺是魯迅，也不見得是一種光彩。

　　夏志清教授曾以斬釘截鐵的語氣把張愛玲推舉為「今日中國最優秀最重要的作家」。我們同不同意是一回事，但要下這個定論，單具慧眼還不夠。還要膽色。黃碧雲對張愛玲的看法，容或偏激，但無可否認的是，她的小說人物，真的沒有幾個不是「下沉的、小眉小貌」的。借用《紅樓夢》描繪寶玉的話，張愛玲筆下的人物，端的是「可憐辜負韶光，於國於家無望」。

夏志清撰寫《中國現代小說史》時的五十年代，文學的取向，當然是以「壯懷激烈」者為上綱。他對張愛玲這個「冷月情魔」卻另眼相看，不能不說是擇善固執的表現。

自七十年代起，我在美國教英譯現代中國文學，例必選用張愛玲自己翻譯的〈金鎖記〉作教材。美國孩子大都勇於發言，課堂討論，絕少冷場。他們對魯迅、巴金、茅盾等人的作品都有意見，而且不論觀點如何，一般都說得頭頭是道。唯一的例外是張愛玲。班上同學，很少自動自發參加討論。若點名問到，他們多會說是搞不懂小說中複雜的人際關係，因此難以捉摸作者究竟要說甚麼。

雖然他們自認「看不懂」故事，但到考試時，對七巧這個角色卻反應熱烈。事隔多年，我還記得班上一位上課時從不發言的女同學在試卷上說了幾句有關七巧的話，至今印象難忘：This woman is an absolute horror, so sick, so godless。

〈金鎖記〉是否值得稱為現代中國小說最偉大的作品，選修我那門課的同學，實無能力下判斷。首先，他們對中國文學的認識，缺乏史觀。第二，他們讀的是翻譯的文本。

許子東在〈物化蒼涼〉一文討論張愛玲「以實寫虛」的意象經營。其中引了〈金鎖記〉開頭的一句：「三十年前的月亮該是銅錢大的一個紅黃的濕暈，像朵雲軒信箋上落了一滴淚珠。」

朵雲軒的信箋，想是特為毛筆書寫而製的一種「米質」信紙，淚珠掉下來，隨即散發像個「濕暈」，陳舊而迷糊。

正如許子東所說，張愛玲的意象經營，功力之高，只有錢鍾書差堪比擬。錢鍾書恃才傲物，文字冷峭刻薄，居高臨下，有時像個 intrusive narrator。

張愛玲天眼看紅塵，經營出來的意象，冷是夠冷的了，難得的是她認識到自己也是「眼中人」。天涯同悲，讀者看來，也因此產生一種怪異的感同身受的親和力。下面是個好例子：「整個世界像一個蛀空了的牙齒，麻木木的，倒也不覺得甚麼，只是風來的時候，隱隱的有一些酸痛。」

上面提到選英譯中國文學那位女同學，理直氣壯地把七巧看作 absolute horror。其實，張愛玲筆下的人物，so sick, so godless 的，何止七巧。跟她同在〈金鎖記〉現身的姜三爺季澤，何嘗不是另類 horror？

且不說他各種的不是，就看他「情挑」七巧的一段文字好了：

季澤把那交叉着的十指往下移了一移，兩隻大拇指按在嘴唇上，兩隻食指緩緩撫摸着鼻樑，露出一雙水汪汪的眼睛來。那眼珠卻是水仙花缸底的黑石子，上面汪着水，下面冷冷的沒有表情。

以意象論，把季澤自作多情的眼睛比作「水仙花缸底的黑石子」，確見神來之筆。水仙花就是 Narcissus，希臘神話那位愛顧影自憐的少年。張愛玲這個意象，無論看的是原文或是英譯，都飽滿得天衣無縫。

張愛玲的魅力，對我而言，就是這些用文字和意象堆砌出來的「蒼涼手勢」。〈傾城之戀〉結尾時，作者這麼解說：「香港的陷落成全了她。但是在這不可理喻的世界裏，誰知道甚麼是因，甚麼是果？」

這種人生體會，卑之無甚高論。范柳原與白流蘇這段交往，也平實無奇。他們本應「相忘於江湖」，最後竟能相濡以沫，演變為這麼一個「哀感頑艷」的故事，套用一句陳腔濫調，靠的就是張愛玲「化腐朽為神奇」的文字功力。

Mark Schorer 有影響深遠論文名 "Technique as Discovery"，試易一字改為 technique is discovery。一個作家的文字和技巧，帶領着我們曲徑通幽，回旋處驟見柳暗花明，原來日月已換了新天。這就是張愛玲魅力歷久不衰的原因。

兀自燃燒的句子

在夏志清《中國現代小說史》(1961)出版以前，稱得上張愛玲作品「解人」的，只有傅雷。他用迅雷筆名發表的〈論張愛玲的小說〉(1944)，很有份量。他分別從結構、節奏、色彩的角度去分析〈金鎖記〉的成就，發覺這個依順情慾邏輯發展的小說，是「我們文壇最美的收獲之一」。

傅雷在文中談到的，還有〈傾城之戀〉、〈花凋〉和〈連環套〉。他以「主題先行」的慣例來看這三篇小說，難怪把范柳原和白流蘇看作「方舟上的一對可憐蟲，……病態文明培植了他們的輕佻」。〈花凋〉中的川嫦，「沒有和病魔奮鬥」，等於「不經戰鬥的投降」。

傅雷的觀點，在今天看來，有點「老土」了。柯靈在〈遙寄張愛玲〉(1984)一文中，說了些公道話。他認為在現代文學啟蒙與救亡的大前提下，文學作品「譬如建築，只有堂皇的廳堂樓閣，沒有迴廊別院，池臺競勝，曲徑通幽」。

張愛玲堅持「寫小說應該是個故事，讓故事自身去說明，比擬定了主題去編故事要好些」。她的作品因此是通幽的曲徑。今天再看啟蒙救亡的大著作有時是很累人的，猶如逼着自己到涼茶

店去喝二十四味。張愛玲的「反八股」，給我們另類選擇，看着范柳原跟白流蘇這對傳奇人物打情罵俏，也是浮生一樂。

在中國近代作家中，錢鍾書和張愛玲均以意象豐盈、文字冷峭知名。看過《圍城》的讀者，不會忘記鮑小姐，雖然她在整個說部中現身的時間不長。只因「她只穿緋霞色抹胸，海藍色貼肉短膝襪，漏空白皮鞋顯落出深紅的指甲」，好事者就憑着她這種扮相，叫她「局部的真理」。

「局部的真理」當然是從英文 partial truth 翻譯過來的，相對於赤裸裸的真理，naked truth。這位大才子譏諷愚夫愚婦時，筆墨也夠刻薄。《圍城》中出現的眾生，在錢鍾書的眼中，實在沒幾個不是愚夫愚婦的。他冷嘲熱諷的看家本領，由是大派用場。張開天眼，他「發現拍馬屁跟談戀愛一樣，不容許第三者冷眼旁觀」。

錢鍾書有些譬喻，拿今天的風氣來講，非常政治不正確。罪證之一是：「已打開的藥瓶，好比嫁過的女人，減低了市場。」他天眼大開看紅塵，管你男女老幼、媸妍肥瘦，看不過眼的，都是他尋開心的對象。張愛玲筆下的人物，也難找到幾個可愛的，可憐的倒不少。在〈封鎖〉中那位大學講師吳翠遠，二十五歲，手臂白得「像擠出來的牙膏」，仍是小姑居處。在那個愛把二十五歲猶是雲英未嫁的姑娘譏為老處女的年代，翠遠的頭髮梳成千篇一律的式樣，「惟恐喚起公眾的注意」。她不難看，可是她那種美是一

種「模稜兩可的，彷彿怕得罪了誰的美」。

張愛玲筆下處處留情，因為她不以天眼看紅塵。她在〈我看蘇青〉一文說：「我想到許多人的命運，連我在內的，有一種鬱鬱蒼蒼的身世之感。『身世之感』普通總是自傷、自憐的意思吧，但我想是可以有更大的解釋的。」她對人生的體驗跟錢鍾書如此不同，難怪出現在她小說的意象和譬喻，也驟然分為兩個世界。〈色‧戒〉不是張愛玲得意之作，但偶然也有她vintage的句子：「她又看了看錶。一種失敗的預感，像絲襪上的一道裂痕，蔭涼的在腿肚子上悄悄往上爬。」

這種透人心肺的譬喻，不會出現在錢鍾書的作品中，不因他不穿絲襪，而是他缺少張愛玲所說的「哀矜」之心。甚麼是哀矜？在〈我看蘇青〉中，她這麼說：「我平常看人，很容易把人家看扁了。」但身為小說家，她覺得有責任「把人生的來龍去脈看得清楚。如果先有憎惡的心，看明白之後，也只有哀矜」。

張愛玲傳誦的句子，多出自她的小說。依常理看，要完全體味一個異於凡品的意象或譬喻，應該有個context。脈絡一通，感受更深。張愛玲身手不凡的地方，就是許多意象在她筆下卓然獨立，不依賴context也可以自發光芒。〈花凋〉中有這麼一句：「她爬在李媽背上像一個冷而白的大白蜘蛛。」

大白蜘蛛是川嫦，一個患了癆病的少女，自知開始一寸一寸

地死去。她要李媽背她到藥房買安眠藥自盡。這個context，我們知道，當然有幫助，但獨立來看，爬在人背上的大白蜘蛛，也教人悚然而慄，徹底顛覆了我們平日對母親背負孩子的聯想習慣。

（1）：整個世界像一個蛀空了的牙齒，麻木木的，倒也不覺得甚麼，只是風來的時候，隱隱的有一些酸痛。

（2）：在這動盪的世界裏，錢財、地產、天長地久的一切，全不可靠了。靠得住的只有她腔子裏的這口氣，還有睡在她身邊的這個人。她突然爬到柳原身邊，隔着他的棉被，擁抱着他。

這些零碎的片段，採自兩篇小說。不必說明出處，不必有context，看來也能自成蹊徑。〈金鎖記〉文字，珠玉紛陳，只是意象交疊，血脈相連，不好拆開來看。「季澤把那交叉着的十指往下移了一移，兩隻姆指按在嘴唇上，兩隻食指緩緩撫摸着鼻樑，露出一雙水汪汪的眼睛來。那眼珠卻是水仙花缸底的黑石子，上面汪着水，下面冷冷的沒有表情。」

這是上好的意象描繪。季澤家財散盡後，跑來「情挑」嫂子。張愛玲巧奪天工，用了水仙花與Narcissus在希臘神話的聯想，不費吹灰之力，說明這位小叔子的舉動自作多情，歪念白費心機。

可惜這類意象，不像大白蜘蛛，不像絲襪上的裂痕，離開文本，不易自發光芒。

張愛玲別開生面的想像力，在散文中一樣發揮得淋漓盡致。

> 我母親給我兩年的時間學習適應環境。她教我煮飯；用肥皂粉洗衣；練習行路的姿勢；…… 如果沒有幽默天才，千萬別說笑話。…… 可是我一天不能克服這種咬齧性的小煩惱，生命是一襲華美的袍，爬滿了蚤子。

以上引自〈天才夢〉，作者時年十九歲。我們都知道，在小說中的敘事者，即使用第一身人稱，也不能跟作者混為一談。散文可不一樣。散文是抒發作者個人感受的文體。因此，如果要從文字找尋張愛玲的「血肉真身」，不妨往她散文的字裏行間尋。她的童年生活是個揮之不去的惡夢。抽鴉片打嗎啡針的父親，一不如意就對她拳腳交加。母親是民初的先進女性，忍受不了「屍居餘氣」的丈夫時，就一個人溜走到巴黎。

一次，母親在動身前到女兒寄宿的學校去看她。〈私語〉記載了這一段離情：

> 我沒有任何惜別的表示，她也像是很高興，…… 可是我知道她在那裏想：「下一代的人，心真狠呀！」一直等她出了校

門，……還是漠然，但漸漸地覺到這種情形下眼淚的需要，於是眼淚來了，在寒風中大聲抽噎着，哭給自己看。

在散文篇幅裏現身的張愛玲，語言常出人意表。〈談音樂〉中她提到，「我是中國人，喜歡喧嚷吵鬧，中國的鑼鼓是不問情由，劈頭劈腦打下來的，再吵些我也能夠忍受。但是交響樂的攻勢是慢慢來的，需要不少的時間把大喇叭小喇叭鋼琴梵啞林一一安排佈置，四下裏埋伏起來，此起彼應，這樣有計劃的陰謀我害怕」。

香港大專院校開的中國現代文學課程，大都把張愛玲列為課程的一部分。為了兼顧其他作家，她的作品拿來作文本討論的，相信也只限於一兩篇小說了。從上引的例子可以看到，張愛玲的散文，既可跟她的小說互相發明，也可自成天地，成為一個她對人生、世情，和文化的認知系統。我想到的就有〈洋人看京戲及其他〉這一篇：

擁擠是中國戲劇與中國生活的要素之一。中國人是在一大群人之間呱呱墮地的，也在一大群人之間死去。……就因為缺少私生活，中國人的個性裏有一點粗俗……群居生活影響到中國人的心理。中國人之間很少有真正怪癖的。脫略的高人嗜竹嗜酒，愛發酒瘋，或是有潔癖，或是不洗澡，講究捫

虱而談，然而這都是循規蹈矩的怪癖，不乏前例的。他們從人堆裏跳出來，又加入了另一個人堆。

〈洋人看京戲及其他〉成於1943年，作者時年二十三歲。涉世未深，已明白作為一個職業作家，讀者的反應，直接影響到自己的榮枯。她在〈錢〉一文透露賣文為生的感受：

> 苦雖苦一點，我喜歡我的職業。「學成文武藝，賣與帝王家。」從前的文人是靠着統治階級吃飯的，現在情形略有不同，我很高興我的衣食父母不是「帝王家」而是買雜誌的大眾。

為了教學的方便，這些年來我一直希望看到一本像《張愛玲卷》之類的單行本出現，作為「入門」讀物。名著如〈封鎖〉、〈金鎖記〉和〈傾城之戀〉全文照登外，其餘的小說，限於篇幅，不妨採取節錄的方式。編輯只消在入選的段落前後加些按語，說明來龍去脈，讀者就不會摸不着頭腦了。我在上面引的〈花凋〉段落，並不完整，但我相信爬在李媽背上的大白蜘蛛，是個完整的、兀自燃燒的句子，足以誘導對張愛玲文字着迷的讀者找出全文來看。採用節錄的方式，就可兼顧長篇小說了，如「倍受爭議」的《秧歌》和《赤地之戀》。

張愛玲的散文，篇幅短的如〈天才夢〉與〈談音樂〉，入選當無問題。自傳性濃的如〈私語〉雖長達萬餘字，但因參考價值極高，理應全文照收。另一篇長文〈自己的文章〉情形也一樣。這既是一篇回應傅雷對她批評的文字，也是她對文學與人生的獨立宣言。她向世人宣稱「我不喜歡壯烈。我是喜歡悲壯，更喜歡蒼涼」。這些話，道盡了她的人生觀與藝術觀，因此不可不收。希望這個構想得到「張迷」如陳子善先生的認同，也希望他能找到出版商玉成其事。

細細的喜悦

德國波恩大學教授顧彬 (Wolfgang Kubin) 的 *Die Chinesische Literatur IM20 Jahrhundert* 中譯本《二十世紀中國文學史》(范勁等譯) 最近上市。此書論點自他先前接受了《上海書評》盛韵的訪問後，已成國內知識界的熱門話題。訪問稿內容每見語驚四座之論，因此即使沒有看過原書也可以就他的論點跟他吵個不休。且看他怎樣説阿城：

> 但阿城現在甚麼都寫不出來，如果一個作家甚麼都寫不出來還是作家嗎？我怕他不是作家，是在玩文學。……一個人為了錢而推翻自己所有的夢想，這樣還算作家嗎？這是一個問題。第二個問題是：阿城的作品我都看了，但不知道為甚麼我都不喜歡。我覺得他寫得太傳統，那種風格我受不了。

看來顧教授言重了。除阿城外，華文作家中還有不少「寫不出來」的。美國還不是一樣？《麥田捕手》的塞林格 (J. P. Salinger) 還不是一樣見首不見尾？至於他因阿城的作品寫得太傳統而「受不了」，那不打緊，寫文學史的學者沒有本份要喜歡在他討論範

圍的作者。

　　其實他這類「聾人聽聞」的言論，早見於2006年11月「德國之音」的訪問。現代作家得到他毫無保留推崇的，僅魯迅一人。諾貝爾獎得主高行健呢？他答道：Don't joke about this，「別拿這個開玩笑了」。為甚麼話說得這麼決絕？因為高行健拾人牙慧的地方太多：**「他所有的話劇都模仿法國、愛爾蘭的兩位作家的作品」**，沒有自己的創造。他對當代中國文學的總體印象是：除了詩歌，**「大部分是一種從外文翻譯成中文的文學，沒有甚麼自己的風格」**。

　　我倒是讀完了他的《文學史》(華東師範大學出版社)，全書連參考書目共419頁。論述範圍從「傳統到現代：世紀之交的文學」開始，「展望20世紀末中國文學的商業化」結束。文學史如果不預設一些評審標準的話，單舉事實，容易化為流水賬。顧彬自訂的三個規矩是：作家的語文能力、塑造形式的功夫和「個體性精神的穿透力」。

　　顧彬對文本「苦讀細品」(*explication de texte*)的考究，基本上是「新批評」或「形式主義」的宗旨。他從魯迅小說集《吶喊》書名的德文翻譯問題，推演出此詞源出於《聖經》的拉丁文譯本。〈以賽亞書〉所載 *vox clamantis in deserto*，「有人在曠野呼喊」，為的就是要大家準備救世主的降臨。「吶喊」因此是對一種新秩序的嚮往

和鼓吹。

　　單從文字看,郭沫若的新詩,今天看來,實在一無是處。虧得顧彬為〈天狗〉找出紋理。「**我是一條天狗呀!/……我把全宇宙來吞了。我便是我了!**」全詩21行,每行均以「我」字開頭。顧彬教我們在《出埃及記》上帝跟摩西的一段對話找出「我」字的涵義。上帝對摩西說:「**我乃我是者;你可對子民這樣說:我是由『我是』派來的。**」譯文引自馮象《摩西五經》。馮象在註釋說:「**我是,即我在、我生、或我生萬物,一切在我。**」此可見〈天狗〉(1921)放在「五四」的歷史語境來讀,「我把宇宙來吞了」的「我」寓言意味可不簡單。天狗要「打倒孔家店」,為新中國破舊立新。

　　顧彬在「吶喊」一詞和〈天狗〉這首詩所做的「考古」工作,抉微發隱,極有見地。我相信二十世紀中國文學中尚有其他的文體值得他這樣「苦讀細品」的。但文史家要弄清埋伏在文本中的各種「草蛇灰線」,先得對內文有眼觀鼻、鼻觀心的透徹了解。論點的依據不能依靠翻譯,因為只要關鍵詞一出現誤譯,你苦讀細品的心血就會白廢。

　　單以篇幅的大小來衡量輕重,顧彬顯然不像夏志清那麼看重張愛玲。夏志清在《中國現代小說史》特闢一整章去給這個原屬「鴛鴦蝴蝶」的海派作家重新定位。相對來看,張愛玲只是顧彬的「過場人物」。他只用三頁的空間去講述她的身世和出版紀錄。他

引了〈傾城之戀〉結尾一段介紹她文字的原貌，但沒有細及張愛玲獨樹一幟的文體。「祖師奶奶」在色彩的描畫和意象的經營上，每見過人匠心。常出現於她作品中的「蒼涼」二字，是她對「人生一切饑渴和挫折所內藏的蒼涼」刻骨銘心的了解。

張愛玲的小說，不是「大敘述」，不是「國族寓言」。細品她的文字，每有意會時，就感覺到一種「細細的喜悅」。或者倒過來說，一陣陣沁骨的淒涼。〈金鎖記〉開頭一段，頗有「考古」價值：**「三十年前的上海，一個有月亮的晚上⋯⋯。年輕的人想着三十年前的月亮該是銅錢大的一個紅黃的濕暈；像朵雲軒信箋上落了一滴淚珠，陳舊而迷糊。」**

現在回頭說顧彬。他在《上海書評》的訪問說他很難接受張愛玲的女人世界。既然他因為阿城寫得太「傳統」而不喜歡他，他也可以因為無法接受張愛玲的女人世界而不喜歡她。顧彬說自己的觀點容或有偏見。那是很自然的事。夏志清也有他的偏見。但最引起我注意的，是他在訪問中坦承閱讀張愛玲 1949 以前的作品有困難，**「很難真正了解她，因為她的文筆很細，她的漢語我不太明白」**。這麼說我們就不能寄望他在張愛玲的作品上做甚麼「考古」工作了。真是可惜，因為他在〈天狗〉上尋幽搜秘得來的見解很有啟發性。

范勁作為《二十世紀中國文學史》的一位譯者，理應是最先接

觸到這本書的。他看完後有甚麼感覺？他說：「**於是在整個翻譯和校對過程中，我都在內心裏與作者進行持久而痛苦的辯駁，有時會陷入長長的停頓。**」說顧彬教授這本著作「聚訟紛紜」，絕不過份。

張愛玲的散文

一

在夏志清評介張愛玲文章出現前，[1] 傅雷以迅雨筆名發表的〈論張愛玲的小說〉（1944），是同類文章中最有識見的一篇。他集中討論的作品，是〈金鎖記〉和〈傾城之戀〉兩部中篇。短篇如〈封鎖〉和〈年青的時候〉亦有品題，但落墨不多，只說這兩篇作品在境界上「稍有不及」，技巧再高明，「本身不過是一種迷人的奢侈」。[2]

傅雷文章發表時，《連環套》還在《萬象》連載。他看了四期，大失所望，忍不住說了重話，說作者丟開了最擅長的心理刻劃，單憑豐富的想像，「逞着一支流轉如踢躂舞的筆，不知不覺走上純粹趣味性的路」。（頁428）

多年後，張愛玲在《張看》（1976）的自序說：「《幼獅文藝》寄《連環套》清樣來讓我自己校一次，三十年不見，儘管自以為壞，也沒想到這樣惡劣，通篇胡扯，不禁駭笑。一路看下去，不由得一直齜牙咧嘴做鬼臉，皺着眉咬着牙笑，從齒縫裏迸出一聲

拖長的 Eeeeee！」[3]《連環套》連載時，張愛玲已是上海名作家。傅雷對她作品的評語，直言無諱，已經難得，更難得的是，他說的都對。這真是一篇突兀之外還要突兀，刺激之外還要刺激的耍「噱頭」小説。

可能因為傅雷對文學作品的要求，還沒有完全脱離主題或「中心思想」的包袱，他對〈傾城之戀〉的成就，極有保留。他把范柳原和白流蘇看作「方舟上的一對可憐蟲」，（頁425）男的玩世不恭，儘管機巧風趣，終歸是精煉到近乎病態社會的產品。女的年近三十，失婚，整天忙着找個合意的男人，「使她無暇顧到心靈。這樣的一幕喜劇，骨子裏的貧血，充滿了死氣，當然不能有好結果」。（頁423）

傅雷給〈傾城之戀〉的結論是：「華彩過了骨幹，兩個主角的缺陷，也就是作品本身的缺陷。」（頁426）他以道德眼光觀照范柳原，難怪沒有察覺到這個虛浮男子身處亂世的象徵意義。張愛玲以小説家筆法勾劃出 T. S. Eliot 詩作 "The Hollow Men" (1925) 中那些「空洞的人」的形象。Our dried voices, when / We whisper together / Are quiet and meaningless.[4]「我們乾癟癟的聲音／一起低聲細語時／嗓音微弱，也空洞無聊。」

錢鍾書在《圍城》創造出來的方鴻漸是中國現代文學難得一見的人物。這個心腸本來不壞的「無用之人」，有幾分像意第緒

(Yiddish) 作家 Isaac Singer（1904–1991）筆下的 schlemiel，[5] 渾渾噩噩，一事無成，言談舉止，總見一些傻氣。要把這樣一個該說是窩囊廢，但還沒全「廢」的角色寫活，需要相當本領。錢鍾書在這方面成就非凡。

如果我們把范柳原作為一個亂世的「空洞的人」來看，那麼傅雷眼中有關他行狀的種種敗筆，正是張愛玲塑造這「小智小慧」男人形象成功的地方。「你知道麼？」他笑着對流蘇說：「你的特長是低頭。」又說：「有些傻話，不但是要背着人說，還得背着自己。讓自己聽了也怪難為情的。譬如說，我愛你，我一輩子都愛你。」流蘇別過頭去，輕輕啐了一聲道：「偏有這些廢話。」[6]

"The Hollow Men" 如此結尾：This is the way the world ends / Not with a bang but a whimper. (p. 59)「世界就是如此終結的／沒有隆然巨響，只有一聲悲鳴。」我們記得，柳原跟流蘇在淺水灣酒店散步時，在一堵灰磚牆壁的面前，說過這麼一句話：「有一天，我們的文明整個的毀掉了，甚麼都完了──燒完了、炸完了、坍完了，也許還剩下這堵牆。」（頁208）

柳原不知到了地老天荒時流蘇和他會不會倖存下來，會不會有機會再見面。他人聰明、有錢、愛玩、有時間，既無打算要做些甚麼「飛揚」的事救國救民，讓他在女人面前打情罵俏，說些廢話，顯其浪子本性之餘，也教我們看到作者不凡的身

手。傅雷給范柳原看相，功力有所不逮的地方就在這裏：范柳原在故事中越顯得空洞無聊，越能看出張愛玲把這個角色的潛質發揮得淋漓盡致。

傅雷從結構、節奏、色彩和語言方面去鑑定〈金鎖記〉的成就，認為作品出神入化，收得住、潑得開，「彷彿這俐落痛快的文字是天造地設的一般，老早擺在那裏，預備來敍述這幕悲劇的」。（頁422）語言掌握得恰到好處，效果也就達到了「每句說話都是動作，每個動作都是說話」的水乳交融之境。（頁421）

把張愛玲小說的文字和技巧突出作焦點式的討論，在今天的學界是老生常談，但傅雷的文章成於還是「感時憂國」的1940年代。巴金在〈生之懺悔〉（1936）中就說過，「許多許多人抓住了我的筆，訴說着他們的悲傷。你想我還怎能夠再注意形式、故事、觀點，以及其他種種瑣碎的事情呢」？[7]

傅雷要我們讀張愛玲的小說，應特別注意形式上的「種種瑣碎的事情」，因為一般作家「一向對技巧抱着鄙夷的態度，……彷彿一有準確的意識就能立地成佛似的，區區藝術更是不成問題」。（頁416）這幾句話，是不是針對巴金而言，我們不知道，但據柯靈在〈遙寄張愛玲〉（1984）一文所說，傅雷的文章原有一段涉及巴金的作品，他覺得「未必公允恰當」，[8]乃利用編輯權力擅自刪了。

其實，傅雷的話是否衝着巴金而來，對本文的論證並不重要。值得我們注意的是傅雷對作品文字和技巧之重視，在他所處的時代而言，可説開風氣之先。十多年後，夏志清在《中國現代小説史》內稱譽〈金鎖記〉為「中國從古以來最偉大的中篇小説」，立論的根據跟傅雷互相呼應。這就是説，張愛玲在這部小説中把文字和技巧這類「瑣碎」的細節處理得很好。夏志清特別推崇張愛玲運用意象的能力，認為她「在中國現代小説家中可以説是首屈一指」的。（頁340）

　　除張愛玲外，夏志清還提到錢鍾書，説他「善用巧妙的譬喻」。我曾在〈兀自燃燒的句子〉一文，[9]亦試跟隨許子東的榜樣，集中討論張愛玲「『以實寫虛』逆向意象」的文字，[10]試就張愛玲和錢鍾書二家在意象和譬喻的經營上探其異同。我讀《圍城》，發覺其中出現的眾生，在錢鍾書的眼中，沒有幾個不是愚夫愚婦的。他冷嘲熱諷的看家本領，由是大派用場。他張開天眼，「發現拍馬屁跟談戀愛一樣，不容許第三者冷眼旁觀」。[11]

　　天眼下的男女老幼、媸妍肥瘦，誰令這位才子看不過眼，都變成他尋開心嘲弄的對象。張愛玲筆下的人物，也沒有幾個可愛的，套用曹雪芹形容寶玉的話，他們「縱然生得好皮囊」，也多是「於國於家無望」的典型。但她處處留情，沒有把他們「看癟」。她在〈我看蘇青〉一文解釋説，身為小説家，她覺得有責任「把人生

的來龍去脈看得清楚。如果先有憎惡的心，看明白之後，也只有哀矜」。[12]

兩位作家除了在處理人物態度不同外，在意象和譬喻的用心上，手法也各有千秋。錢鍾書的「警句」，如「局部的真理」，你要看完鮑小姐出場的經過，特別是她衣着的特色，才會恍然大悟，啊，「局部的真理」原來是相對於「赤裸裸的真理」的另一種面貌。

相對而言，張愛玲許多傳誦一時的句子，不依靠上下文義，也可以獨自燃燒，自發光芒。我相信沒有讀過短篇小說〈花凋〉的讀者，看到這樣的句子，也會震驚：「她爬在李媽背上像一個冷而白的大白蜘蛛。」[13]當然，如果我們知道，這「冷而白的大白蜘蛛」是川嫦，一個患癆病的少女，自知正一寸一寸地死去，相信更會增加感染力。但獨立來看，光想到爬在女人背上的是一個冷而白的蜘蛛，也教人悚然而慄。這恐怖的意象徹底顛覆了我們平日對母親揹負嬰兒的溫馨聯想。

二

本文以〈張愛玲的散文〉為題，可是前面二千多字，涉及的作品都是《傳奇》。這種安排出於實際考慮。光以量言之，散文是張愛玲的副產品。張愛玲的文名，是建立於小說之上的。如果她一

生沒有寫過〈金鎖記〉和〈傾城之戀〉這樣的小說，我們今天會不會拿她的散文作「專題研究」？我們對一個作家副產品的重視，多少與「愛屋及烏」的心理有關。一般人大概是先迷上了錢鍾書的《圍城》，然後再看《寫在人生邊上》。在這方面魯迅可能是個例外。他的小說和雜文，以影響力和受重視程度而言，兩者不相伯仲，實難說哪一種是「副產品」。

張愛玲研究今天已成顯學，但正如金宏達所說，「遺憾的是，對其散文的品讀與解析，一直很少有人下氣力去做」。[14] 特別撥出篇幅討論她散文的，我看到的只有周芬伶。她的論點，我將在下面引述。繼傅雷之後，一語道破張愛玲作品特色的是譚惟翰。他在1944年8月26日的〈《傳奇》集評茶會記〉中發言：

> 張女士的小說有三種特色，第一是用詞新鮮，第二色彩濃厚，第三譬喻巧妙。……不過讀張女士小說全篇不若一段，一段不若一句，更使人有深刻的印象。把一句句句子拆開來，有很多精彩的句子。讀她的作品，小說不及散文，以小說來看，作者太注重裝飾，小動作等，把主體蓋住，而疏忽了整個結構。讀其散文比小說有味，讀隨筆比散文更有味。[15]

譚惟翰認為張愛玲的散文比小說「更有味」，全屬私人意見，不必為此「商榷」。值得注意的是，他欣賞的那種拆開來的精彩句

子，那種從字裏行間泌透出來的「細細的音樂，細細的喜悦」，幾乎只在小説的文本出現。譚惟翰讀張愛玲的散文與隨筆，比小説更有味，證明〈金鎖記〉作者的另類書寫一樣引人入勝。

跟譚惟翰同好的，還有賈平凹。他在〈讀張愛玲〉一文開宗明義就説：「先讀的散文，一本《流言》，一本《張看》，書名就劈面驚艷。天下的文章誰敢這樣起名，又能起出這樣的名，恐怕只有個張愛玲。……張愛玲的散文短可以不足幾百字，長則萬言，你難以揣度她那些怪念頭從哪兒來的，連續性的感覺不停地閃。」[16]

賈平凹的文章成於1993年。他是先看散文後看小説的，由此可知張愛玲的散文，自有一番風味，用不着靠小説建立的文名去帶動。認為張愛玲的散文比小説更勝一籌的還有艾曉明。她甚至還認為「張愛玲散文更甚於小説，小説不是篇篇都好，但散文則好的居多。張愛玲談書、談音樂、談跳舞，還有〈更衣記〉、〈洋人看京戲及其他〉這些談文化、風俗的散文最是可觀，其中不止是妙語如珠，還有豐富的知識和分析特點，不是光憑才氣就寫得出來的。」[17]

我花了這麼大的篇幅去引文，無非想説明一點：張愛玲的散文，雖然不及《傳奇》小説那麼風靡一時，但若從文學史的眼光看，《流言》所收的代表作，數量雖然不多，但文字和内容都給散

文的涵義開拓了新境界。如果她「黃金時代」的寫作生命不是區區兩三年，如果散文的產量像小說那麼豐富，那麼張愛玲作為散文家的地位，應可躋身於周作人、梁實秋和林語堂之間。不是為了跟他們爭一日長短，只是為了取得她在現代中國散文史中應有的地位。看來張愛玲散文「回歸」、從邊緣漸漸移向「中心」的跡象，日見明顯。陳平原、錢理群和黃子平三位在 1992 年構想的那套「漫說文化叢書」，是十卷「主題散文」選集，內有六卷收了張愛玲的作品。[18]1999 年人民文學出版的《中華散文百年精華》，收了張愛玲的〈更衣記〉。這些發展，讓我們對她散文另眼相看的「少數派」自我感覺良好，不會覺得自己做的是「本末倒置」的事。

張愛玲的散文，有那些地方可圈可點？才十三歲的小姑娘，已在《鳳藻》發表了第一篇散文〈遲暮〉(1933)。腔調老氣橫秋，但文字脫不了初中生的八股，甚麼「春神足下墮下來的一朵朵的輕雲」啦、「時代的落伍者」啦、「朝生暮死的蝴蝶」啦，這些「套語」，連番出現。[19]

張愛玲一鳴驚人的創作應是 1939 年發表於《西風》的〈天才夢〉。這是她散文的「自白體」，跟〈童言無忌〉(1944) 和〈私語〉(1944) 同一類型。一開始就先聲奪人：「我是一個古怪的女孩，從小被目為天才，除了發展我的天才外別無生存的目標。」這種腔調，的確是「語不驚人死不休」。

接下來她告訴我們她「不會削蘋果」，在一間房裏住了兩年，依舊不知電鈴在哪兒。天天坐黃包車上醫院去打針近三個月，仍然不認識那條路。最能顯出張愛玲散文本色、一洗〈遲暮〉酸氣的，是結尾那句話：「生命是一襲華美的袍，爬滿了蚤子。」

周芬伶在〈在豔異的空氣中——張愛玲的散文魅力〉一文說得好，她的「散文結構是解甲歸田式的自由散漫，文字卻是高度集中的精美雕塑，她的語言像纏枝蓮花一樣，東開一朵，西開一朵，令人目不暇給，往往在緊要的關頭冒出一個絕妙的譬喻，……」[20]

「生命是一襲華美的袍，爬滿了蚤子」就是這樣「冒」出來的。依組織的紋理看，這句法好像跟上文沒有甚麼關係，但也正因如此，我們閱讀時才會產生措手不及的感覺。這些教賈平凹難以揣度的「怪念頭」，正是張愛玲散文中「細細的音樂」。

夏志清在《中國現代小說史》中介紹張愛玲與眾不同的藝術感性時，用了〈談音樂〉(1944)作引申，選對了樣版。此文成於張愛玲寫作生涯的全盛時期，亦是「自白」文章中的一篇重要作品。她一開始就讓你對她好生詫異：「我不喜歡音樂。」前面說過〈花凋〉中李媽背上川嫦的意象顛覆了我們對母親揹負嬰兒的溫馨聯想。〈談音樂〉中有不少自白，也有類似的顛覆效果。一般人受不了的東西，她都喜歡，「霧的輕微的霉氣，雨打濕的灰塵，葱、

蒜，廉價的香水」。[21] 汽油味撲鼻難聞，汽車發動時，她卻故意跑到汽車的後面，等發動時發出的聲音和氣味。

這種與常人大異其趣的感性和好惡，我們可不可以當真，可不可以把這種「自白體」看作 true confession？這一點將在下文討論。先借用西方文學批評的一個術語來解釋張愛玲文字的「顛覆性」。這個術語就是 de-familiarization，簡單的說就是把我們熟悉的、自以為是的和約定俗成的觀感與看法通通「陌生化」。[22] 這種手法，用意象來傳遞，三言兩語就可以收到「陌生」的效果。胡蘭成在〈民國女子〉中說他初讀〈封鎖〉，「才看得一二節，不覺身體坐直起來，細細地把它讀了一遍又讀一遍」。[23]

透過張愛玲的眼睛，我們在〈封鎖〉第一段就看到好些熟悉變為陌生的形象：「在大太陽底下，電車軌道像兩條光瑩瑩的，水裏鑽出來的曲蟮，抽長了，又縮短了，……」[24] 我們看到在大學任英文助教的吳翠遠，長得不難看，「可是她那種美是一種模稜兩可的，彷彿怕得罪了誰的美」。（頁 455）這種說法，已夠陌生了，更陌生的是她的手臂，「白倒是白的，像擠出來的牙膏。她的整個的人像擠出來的牙膏，沒有款式」。（頁 458）

這類玲瓏剔透，既陌生又冷峭的意象，穿插〈封鎖〉各段落。李白說「君不見黃河之水天上來」，是把黃河水陌生化了。在李商隱把「滄海」，「月明」和「珠有淚」湊合成互為因果前，我們實在

沒有把這三個意象混在一起作聯想的習慣。前人把意象新奇的句子說是「險句」，實在有理。

鴛鴦蝴蝶派形容女人手臂，離不開陳腔濫調，總說「玉臂生寒」或甚麼的。張愛玲絕不濫情，因此在她筆下女人手臂看似擠出來的牙膏，真是陌生得很。這些「險句」，成了張愛玲文體的「註冊商標」，在〈金鎖記〉中出現得更多不勝收。險句和教人眼前一亮的意象的營造，需要非凡的想像力，自不待言，但以張愛玲的例子看，一個作家寫成傳世之作，單靠天分和才氣還不夠，還要加上天時地利人和。

柯靈在〈遙寄張愛玲〉說得最中肯：「我扳着指頭算來算去，偌大的文壇，哪個階段都安放不下一個張愛玲；上海淪陷，才給她機會。日本侵略者和汪精衛政權把新文學傳統一刀切斷了，只要不反對他們，有點文學藝術粉飾太平，求之不得，……抗戰勝利以後，兵荒馬亂，劍拔弩張，文學本身已經成為可有可無，更沒有曹七巧、流蘇一流人物的立足之地了。張愛玲的文學生涯，輝煌鼎盛的時期只有兩年（1943–1945）是命中注定。」（頁440）

看來只有在「孤島」時期的上海，張愛玲才可以「童言無忌」。柯靈說的，果然不錯，她1945年後的小說與散文，比起《傳奇》和《流言》這兩個集子的水準，黯然失色。張愛玲「到底是上海人」。離開上海後，她在別的地方應該還有機會聽到市聲和電車

聲，但恐怕再看不到電車「回家」的景象了。電車進廠時「一輛銜接一輛，像排了隊的小孩，嘈雜、叫囂，愉快地打着啞嗓子的鈴：『克林，克賴，克賴，克賴！』吵鬧之中又帶着一點由疲乏而生的馴服，是快上床的孩子，等着母親來刷洗他們。」[25]

這篇題名〈公寓生活記趣〉成於 1943 年，也是〈流言〉中的一篇精品。張愛玲告訴我們，較有詩意的人要在枕上聽松濤，聽海嘯入睡，而她是「非得聽見電車聲才睡得着覺的」。（頁 38）把回廠的電車看成排隊回家的小孩，除了顯出作者點石成金的想像力外，還可感受到她在熟悉的生活環境中寫作時所流露的自信和自在。〈沉香屑：第二爐香〉（1943）說到香港大學英籍講師羅傑安白登，婚變後，獨自一人坐在海灘上自悲身世，覺得「整個的世界像一個蛀空了的牙齒，麻木木的，倒也不覺得甚麼，只是風來的時候，隱隱的有一點痠痛」。[26]這又是一個天衣無縫的譬喻。這種譬喻，這種險句，如七寶樓臺採下來的彩石，嵌在張愛玲文字的縫隙間透發異光。她離鄉別井後的著作，再難看到這種別開生面的句子了。甚至可以說，險句和別開生面的意象既然是她文體的標識，因此只要看她一篇作品中「異光」出現次數的多寡，就可以推算出這篇作品是否 vintage 的張愛玲。

在陳思和看來，張愛玲的一大貢獻是「突出地刻劃了現代都市經濟支配下的人生觀：對金錢慾望的痴狂追求」。[27]陳思和覺得

魯迅雖然在〈傷逝〉反映出經濟保障愛情的重要性，「但這些主題並沒有得到很好的發揮」。（頁337）

金錢操縱張愛玲小說主角的命運，例子多的是。不為錢，七巧不會甘心戴上「金鎖」，斷送青春。不為錢，流蘇不會狠狠得如喪家之犬，急着嫁人找個歸宿。在散文的天地中，張愛玲來個現身說法，決定展露自己的「肚臍眼」，在〈童言無忌〉就「錢」、「穿」、「吃」、「上大人」和「弟弟」這幾個私人空間向讀者傾訴一番。她說「抓周」時，拿到的是錢，但家中一個女佣人卻說她抓到的是筆。以下是她自己的話：

> 但是無論如何，從小似乎我就很喜歡錢。我母親非常詫異地發現這一層，一來就搖頭道，「他們這一代的人……」我母親是個清高的人，有錢的時候固然絕口不提錢，即至後來為錢逼迫得很厲害的時候也還把錢看得很輕。這種一塵不染的態度很引起我的反感，激我走到對立面去。因此，一學會了『拜金主義』這名詞，我就堅持我是拜金主義者。[28]

張愛玲自認是個事事講求「實際生活」的小市民。她母親系出名門，自小感染士大夫氣習，把錢財視為「阿堵物」，不足為怪。陳思和肯定張愛玲「現象」是中國現代文學一大突破，借用蔡美麗在〈以庸俗反當代〉一文的話說，活躍於三十年代的作家，忙

着啟蒙與救亡，有時忘了「人活着，靠的是吃穿」。[29]這也是陳思和認為張愛玲作品的一大特色：「她喋喋不休地談性論食，開拓了文學領域裏的私人生活空間，同時也迎合了專制體制下的市民有意迴避政治的心理需要，她使原來五四新文學傳統與廟堂文化的相對立的交叉線，變成了民間文化的平行線。」(頁339)

〈童言無忌〉沒有甚麼文彩，通篇也沒有甚麼驕人的句子。令我們感到「陌生」的是一些觀念。像「從小似乎我就很喜歡錢」這句話，對今天的讀者說來，可說卑之無甚高論，但對她母親那一代人而言，的確教人側目。由此我們可以認識到，張愛玲散文吸引讀者的地方，除文字本身外，還因為她的意念離經叛道。在〈詩與胡說〉(1944)中她一點也不留情面的說：「聽見顧明道死了，我非常高興，理由很簡單，因為他的小說寫得不好。……我不能因為顧明道已經死了的緣故原諒他的小說。」[30]顧明道該死，就因為他的小說不好。一個人值不值得讓他活下去，全靠他的作品好壞來決定，這種說法，相當不近人情。

〈燼餘錄〉(1944)是張愛玲回到上海後追記在日軍佔領下在香港過的那一段日子。跟〈童言無忌〉一樣，這也是一篇文字平平但發人深思的「自白」長文。裏面好些看法，的確與別不同。「人生的所謂『生趣』全在那些不相干的事」，[31]她說，「能夠不理會的，我們一概不理會。出生入死，沉浮於最富色彩的經驗中，我

們還是我們，一塵不染，維持着素日的生活典型」。（頁55）為了要吃飯，張愛玲休戰後在大學堂臨時醫院做看護。病房中：

> 有一個人，尻骨生了奇臭的潰爛症。痛苦到了極點，面部表情反倒近於狂喜……眼睛半睜半閉，嘴拉開了彷彿癢絲絲抓撈不着地微笑着。整夜他叫喚：「姑娘啊！姑娘啊！」悠長地，顫抖地，有腔有調。我不理。我是一個不負責任的，沒良心的看護。我恨這個人，因為他在那裏受磨難。（頁61）

病人問她要水，她說沒有，又走開了。一天破曉時分，病人終於走了，眾護士「歡欣鼓舞」。有人用椰子油烘了一爐小麵包慶祝。「雞在叫，又是一個凍白的早晨。我們這些自私的人若無其事地活下去了。」（頁62）陳思和讀〈燼餘錄〉，驚識張愛玲「抱着貴族小姐的惡劣情緒對待港戰中傷員的態度，竟沒有半點自責與懺悔」。（頁345）他並沒有「責備」張愛玲之意，只想把這事件放在都市民間文化形態的背景上看張愛玲現象，「指出這種種豐富複雜的文化內涵，既是張愛玲個人的獨特之處，又是都市民間文化形態的複雜性所其有的」。（頁345）

張愛玲在〈燼餘錄〉的文字，讀來像是一種「倖存者」（the survivalist）的宣言。香港淪陷後，她重新發現「吃」的喜悅。「我們立在攤頭上吃滾油煎的蘿蔔餅，尺來遠腳底下就躺着窮人的青紫

的屍首。」(頁59)她在〈打人〉(1944)中向我們坦白,承認自己「向來很少有正義感。我不願意看見甚麼,就有本事看不見」。[32]因此她在吃蘿蔔餅時能夠對腳底下的屍體視若無睹。因此她覺得顧明道的小說寫得不好,就該死。

張愛玲的心腸這麼「狠」,最常用的解說就是童年因受遺少型父親的虐待造成的創傷。她在〈私語〉(1944)中流盡了不少「哭給自己看」的眼淚。他父親對她拳腳交加之餘,還揚言要用手槍打死她。她舉頭看到「赫赫藍天」上的飛機,就希望有個炸彈掉在她們家,大家同歸於盡。[33]

但從文學的觀點看,我們不必以她不幸的童年解說她的作品,因為童年幸福的作家,一樣可以寫出狠心腸的作品。張愛玲寫的,不是邱濬(1421–1495)《五倫全備》這類父慈子孝的教化劇。她描繪的人生百態,正如王國維所說,「可信者不可愛」。她恨那位尻骨潰爛的病人,因為他整天呻吟,也發奇臭,她不願看見,也被迫聽到、看見。他活着一天,就教她不舒服一天。因此他一斷氣,大家就跑到廚房慶祝。這景象,一點都不可愛,但因在亂世,人死是平常事,就「引人入信」了。

三

張愛玲這麼「狠」、這麼「貪財」，我們應不應把她的話當真？
這本來跟她作品本身的好壞無關，但因她熟讀《紅樓夢》，對自己
的處境的真真假假有時自己也搞糊塗了。說不定有時她真的真假
難分。〈童言無忌〉露了一點蛛絲馬迹：

> 有天晚上，在月亮底下，我和一個同學在宿舍的走廊上散
> 步，我十二歲，她比我大幾歲。她說：「我是同你很好的，
> 可是不知道你怎樣。」因為有月亮，因為我生來是一個寫小
> 說的人。我鄭重地低低說道：「我是……除了我的母親，就
> 只有你了。」她當時很感動，連我也被自己感動了。[34]

照這樣看，我們連張愛玲鄭重地說，連自己也「感動」的話也
不能當真了。她五歲時，母親在中國，她父親的姨太太給她做了
頂時髦的雪青絲絨短襖長裙，跟她說：「看我待你多好！你母親
給你們做衣服，總是拿舊的東拼西改，哪兒捨得用整幅的絲絨？
你喜歡我還是喜歡你母親？」（頁93）

張愛玲答道：「喜歡你。」後來她想起這件事，覺得耿耿於
心，「因為這次並沒有說謊」。（頁93）看來不但小說家言不能作
準，散文家的「私語」，有時也不可靠。張愛玲一再在作品宣稱自

己是個拜金主義者，愛財如命，但以她在實際的人生留下的記錄看，她不見得是個見利忘義、「大小通吃」的人。胡蘭成被國民政府通緝亡命那段日子，她用辛苦賺來的版稅稿費接濟他。初會水晶時，她送了一大瓶 Chanel 香水給他太太。

從她給蘇偉貞的一封信中，我們可看到她更可貴的一面：非份之財，一介不取。事緣台灣《聯合報》副刊刊登了電影劇本《哀樂中年》後，蘇偉貞寄了給她看，要付稿費給她，她才「想起這片子是桑弧編導，我雖然參與寫作過程，不過是顧問，拿了些劇本費，不具名。事隔多年完全忘了，以致有過誤會。稿費謹辭，如已發下也當璧還。希望這封信能在貴刊發表，好讓我向讀者道歉」。[35]

這封信，除了讓我們看到張愛玲義不取非份之財外，也看到了她不肯欺世盜名的正直的一面。她給朋友和「關係人」報導自己的生活片段，寫的是書信，不是小說或散文，因人證物證俱在，不存在真真假假的問題。1995 年 9 月 10 日《聯合報》副刊刊登了一篇平鑫濤署名的紀念文章，說撇開寫作，張愛玲「生活非常單純，她要求保有自我的生活，選擇了孤獨，不以為苦。對於聲名、金錢，她也不看重。……對於版稅，她也不大計較，我曾有意將她的作品改拍為電視劇，跟她談到版稅，她回說：『版權你還要跟我說嗎？你自己決定吧。』」[36] 平鑫濤當時是皇冠出版社的

發行人。

　　張愛玲研究，方興未艾。哪一天她給夏志清和宋淇夫婦歷年的書信全部公開後，有興趣「索隱」的學者，不愁沒資料。要周詳地探討張愛玲的才華與天份，除了研究她的電影劇本外，更可考慮兼顧張愛玲的英文著作和她的翻譯。除了翻譯英美文學名著外，她更翻譯過不少自己的作品，如〈金鎖記〉。艾曉明說張愛玲的小說不是篇篇都好。其實散文亦如是。前面說過，離鄉別井後的張愛玲，已失去昔日的華彩，punch line式的陌生險句，已不多見，但張愛玲到底是張愛玲，「敗筆」也有特殊風味。別的不說，就拿她1988年的長文〈談吃與畫餅充飢〉來說吧，一開頭就看到她「損」周作人：「周作人寫散文喜歡談吃，……不過他寫來寫去都是他故鄉紹興的幾樣最節儉清淡的菜，除了當地出筍，似乎也沒有甚麼特色。炒冷飯的次數多了，未免使人感到厭倦。」[37]

　　每次讀〈故鄉的野菜〉，唸着薺菜、黃花麥和紫雲英這些名字，口裏就淡出鳥來。起初以為自己沒文化，現在看到張愛玲也這麼說，可見周作人故鄉的野菜，沒吃到也不算甚麼遺憾。張愛玲遠適異國，終身不離少女時代「異見分子」姿態，煞是可愛。

參考書目

甲：

張愛玲：《張看》，香港：皇冠，2000。

張愛玲：《流言》，香港：皇冠，2004。

張愛玲：《回顧展 —— 張愛玲短篇小說集之一》，香港：皇冠，1991。

張愛玲：《回顧展 —— 張愛玲短篇小說集之二》，香港：皇冠，1991。

金宏達、於青合編：《張愛玲文集》四卷，合肥：安徽文藝出版社，
　　1992。

子通、亦清合編：《張愛玲文集：補遺》，香港：天地，2003。

夏志清著、劉紹銘等譯：《中國現代小說史》，香港：中文大學出版社，
　　2001。

乙：

鄭樹森編選：《張愛玲的世界》，台北：允晨，1990。

陳子善編：《私語張愛玲》，杭州：浙江文藝，1995。

陳子善編：《作別張愛玲》，上海：文滙出版社，1996。

林式同等：《華麗與蒼涼》，台北：皇冠，1996。

周芬伶：《艷異：張愛玲與中國文學》，台北：遠流，1999。

楊澤編：《閱讀張愛玲 —— 張愛玲國際研討會文集》，台北：遠流，
　　1999。

子通、亦清合編：《張愛玲評說六十年》，北京：中國華僑，2001。

劉紹銘、梁秉鈞、許子東合編:《再讀張愛玲》,香港:牛津,2002。

古蒼梧:《今生此時今生此地 ——張愛玲、蘇青、胡蘭成的上海》,香港:牛津,2002。

金宏達主編:《回望張愛玲:昨夜月色》,北京:文化藝術出版社,2003。

金宏達主編:《回望張愛玲:華麗影沉》,北京:文化藝術出版社,2003。

陳子善:《說不盡的張愛玲》,上海:三聯,2004。

金宏達:《平視張愛玲》,北京:文化藝術出版社,2005。

註 釋

1   《中國現代小說史》原為英文著作 *A History of Modern Chinese Fiction*,1961年由耶魯大學出版。中譯本1979年由香港友聯出版社出版。1991年台灣的傳記文學出了台灣版。《小說史》斷市多年後,2001年由香港中文大學出版社再版發行。

2   〈論張愛玲的小說〉,金宏達、于青編:《張愛玲文集》(合肥:安徽文藝出版社,1992),卷4,頁427。

3   張愛玲:《張看》(香港:皇冠,2000),頁10。

4   T. S. Eliot, *The Complete Poems and Plays 1909–1950* (New York: Harcourt, Brace and World, 1962), p. 56.

5   見高克毅(喬志高)、高克永編:《最新通俗美語詞典》(香港:中文大學出版社,2004),頁514。

6   張愛玲:《回顧展 ——張愛玲短篇小說集之一》(香港:皇冠,

1991），頁205。

7   夏志清：《中國現代小說史》引文，頁204。

8   〈遙寄張愛玲〉，《張愛玲文集》，卷4，頁436。

9   劉紹銘：〈兀自燃燒的句子〉，《一爐煙火》（香港：天地，2000），
     頁195–200。

10   許子東：〈物化蒼涼——張愛玲意象技巧初探〉，劉紹銘、梁秉
     鈞、許子東編：《再讀張愛玲》（香港：牛津，2002），頁149。

11   錢鍾書：《圍城》（香港：天地，1996），頁195。

12   〈我看蘇青〉，《張愛玲文集》，卷4，頁232。

13   〈花凋〉，《回顧展——張愛玲短篇小說集之二》（香港：皇冠，
     1991），頁448。

14   金宏達：《平視張愛玲》（北京：文化藝術，2005），頁211。

15   〈《傳奇》集評茶會記〉，金宏達主編：《回望張愛玲：昨夜月色》（北
     京：文化藝術出版社，2003），頁81。此茶會在1944年8月26日舉
     行，主辦者為《新中國報》社。除譚惟翰外，出席者還有炎櫻、譚
     正璧和蘇青等人。

16   賈平凹：〈讀張愛玲〉，金宏達主編：《回望張愛玲：華麗影沉》（北
     京：文化藝術，2003），頁283。

17   艾曉明：〈「生命自顧自走過去了」：漫說張愛玲〉，《回望張愛玲：
     華麗影沉》，頁313–317。

18   這套「主題散文」選集原由人民文學出版社先後在1990和1992年出
     版。2005年後復旦大學出版社重排再版。張愛玲〈必也正名乎〉、
     〈洋人看京戲及其他〉、〈公寓生活記趣〉和〈造人〉四篇分別收入錢

理群編《世故人情》、《説東道西》、《鄉風市聲》和《父父子子》四本選集內。〈更衣記〉和〈談女人〉分別載於陳平原編的《閑情樂事》和黃子平編的《男男女女》。

19　〈遲暮〉，《張愛玲文集》，卷4，頁5。

20　〈在艷異的空氣中——張愛玲散文魅力〉，楊澤編：《閱讀張愛玲——國際研討會論文集》（台北：麥田，2000），頁111。

21　〈談音樂〉，《張愛玲文集》，卷4，頁167。

22　「陌生化」（defamiliarization）是俄國「形構主義」（Formalism）理論家史克羅夫斯基（Viktor Shklovsky, 1893–?）引進到文學批評的一個術語。「陌生化」是藝術上一種技巧，使讀者或觀賞者對一些熟悉的、習以為常的事物突然產生新鮮的、前所未有的感覺，見J. A. Cuddon, *A Dictionary of Literary Terms and Literary Theory*, 3rd ed. (Oxford: Basil Blackwell, 1991), p. 226.

23　胡蘭成：〈民國女子〉，子通、亦清編：《張愛玲評説六十年》（北京：中國華僑出版社，2001），頁23。

24　張愛玲：〈封鎖〉，《回顧展——張愛玲短篇小説集之二》，頁452。

25　張愛玲：〈公寓生活記趣〉，《張愛玲文集》，卷4，頁38。

26　張愛玲：〈沉香屑：第二爐香〉，《回顧展——張愛玲短篇小説集之二》，頁336。

27　陳思和：〈民間和現代都市文化——兼論張愛玲現象〉，《閱讀張愛玲——國際研討會論文集》，頁337。

28　張愛玲：〈童言無忌〉，《張愛玲文集》卷4，頁88。

29　蔡美麗：〈以庸俗反當代〉，《張愛玲評説六十年》，子通、亦清編

（北京：中國華僑出版社，2001），頁 319。

30　　張愛玲：〈詩與胡說〉，《張愛玲文集》，卷 4，頁 131。

31　　張愛玲：〈爐餘錄〉，《張愛玲文集》，卷 4，頁 54。

32　　張愛玲：〈打人〉，《張愛玲文集》，卷 4，頁 98。

33　　張愛玲：〈私語〉，《張愛玲文集》，卷 4，頁 110。

34　　張愛玲：〈童言無忌〉，《張愛玲文集》，卷 4，頁 93。

35　　張愛玲：〈致蘇偉貞信〉，子通、亦清編：《張愛玲文集‧補遺》（香港：天地，2003），頁 342。

36　　平鑫濤：〈選擇寫作選擇孤獨〉，陳子善編：《作別張愛玲》（上海：文滙出版社，1996），頁 12。

37　　張愛玲：〈談吃與畫餅充飢〉，《張愛玲文集》卷 4，頁 376。

褪色的玫瑰

以小說藝術言，〈封鎖〉、〈金鎖記〉和〈傾城之戀〉已達至境。這三篇小說恰巧都在1943年刊出，張愛玲那年是二十三歲。「出名要趁早呀」，張愛玲做到了。出道才一年，已「藝驚四座」。往後的作品，夠得上這水準的，沒有幾篇。次年出版的〈紅玫瑰與白玫瑰〉緊接〈傾城之戀〉餘緒。缺少的是范柳原和白流蘇依偎在一起時透發的那份頹唐的生命力。佟振保不是范柳原。他在英國半工讀拿到學位後就回國，在外商染織公司做事，是個安份守己的人。誰料這個老實人，寄居朋友家時，男主人因公出差第二天，他就跟女主人搭上了。

> 振保笑道：「你喜歡忙人？」嬌蕊把一隻手按在眼睛上，笑道：「其實也無所謂，我的心是一所公寓房子。」振保笑道：「那，可有空的房間招租呢？」嬌蕊卻不答應了。振保道：「可是我住不慣公寓房子。我要住單幢的。」嬌蕊哼了一聲道：「看你有本事拆了重蓋！」振保又重重的踢了她椅子一下道：「瞧我的罷！」

這種「范柳原體」的油腔滑調，出於振保口中，聽來有點像鸚鵡學舌。范柳原是華僑子弟，老子有錢，衣食無憂，流蘇又是他囊中物，說話要怎麼輕薄就怎麼輕薄。但振保是上班族，在英國讀書時又有坐懷不亂之美譽。當然，千不該萬不該的是嬌蕊先挑逗他，但怎樣說她也是朋友妻啊。這柳下惠怎麼給人家三言兩語就壞了貞節？

振保的人物性格前後不一致，俏皮話聽起來就顯得荒腔走板。嬌蕊是個連自己名字的「蕊」也要分成三個「心」字才寫得出來的華僑女子，胸無點墨，竟能操着文藝腔跟振保打情罵俏，也教我們感到詫異。〈紅玫瑰與白玫瑰〉的冗文也多。振保和嬌蕊在街頭巧遇艾許老太太那一節，長達二千字，空言泛泛，無關宏旨。反觀〈封鎖〉或〈金鎖記〉文字生生相息，隻字難移。

張愛玲以警句見稱。「整個世界像一個蛀空了的牙齒，麻木木的，倒也不覺得甚麼，只是風來的時候，隱隱的有一點酸痛」。這個出自〈沉香屑：第二爐香〉的句子，橫看豎看，教人過目不忘。細讀〈紅玫瑰與白玫瑰〉，總也找不到這種意象鮮明的punch line。振保跟嬌蕊分手後，自己結了婚，她也嫁了人。多年後在公車上相遇，互道平安後，振保在回家的路上看到：

藍天飄着的小白雲，街上賣笛子的人在那裏吹笛子，尖柔

扭捏的東方的歌，一扭一扭出來了，像繡像小說插圖裏畫的夢，一縷白氣，從帳子裏出來，脹大了，內中有種種幻境，像懶蛇一般地舒展開來，後來因為太瞌睡，終於連夢也睡着了。

連夢也睡着了？任何人筆下出現這種句子，都是敗筆，更何況是以營造意象譬喻獨步文壇的張愛玲。這類「意」和「象」配搭失調的敗筆，在這篇小說中一再出現。振保的老同學王士洪快要回家，他和嬌蕊的關係快告一段落。一天晚上，嬌蕊在床上偎依着他。他睡不着，摸黑點了支煙抽着。她伸手摸索他的手，告訴他不要擔心，因為她會好好的。「她的話使他下淚，然而眼淚也還是身外物」。

眼淚是身外物？這句話跟振保目前的處境扯不上甚麼關係。我們且看〈封鎖〉裏的吳翠遠在呂宗楨眼中是甚麼模樣：「他不怎麼喜歡身邊這女人。她的手臂，白倒是白的，像擠出來的牙膏。她的整個的人像擠出來的牙膏，沒有款式。」這個譬喻，貼切不過，因為這個看來像是教會派的少奶奶，「長得不難看，可是她那種美是一種模稜兩可的，彷彿怕得罪了誰的美，臉上一切都是淡淡的，鬆弛的，沒有輪廓」。對比之下，「眼淚也還是身外物」之說就顯得不知所云了，像是為了要說機鋒話而拼命擠出來的機鋒。

出現在振保生命中的女子，除了嬌蕊和太太孟煙鸝外，還有巴黎妓女和中英混血兒玫瑰。這兩位都是過場人物，落墨不多，印象也模糊。振保泡上「精神上還是發育未完全」、水性楊花的嬌蕊，因為他覺得不必對她負責任。誰料這個「名聲不好」的playgirl，認識振保後，決定改過自新，跟振保一輩子。振保呢，怕遭物議，及早抽身，打了退堂鼓。

　　振保沒有一沉到底，游離於善惡之間，因此是個游離分子。任性慣了的嬌蕊，突如其來的要盯着振保托終身，雖然不是絕對的impossible，但實在相當improbable。看來張愛玲對這兩個寶貝角色的性格，也不是十拿九穩，手足無措之餘，才會出現像「連夢也睡着了」這種渾渾沌沌的描述。

　　張愛玲在這故事拿得最準的人物是佟門怨婦孟煙鸝。這個跟丈夫出門時永遠走在後面的女子，是振保母親托人介紹嫁過來的。她相貌平庸，資質不高，兼又笨手笨腳，日子久了，婆婆和丈夫也不留面子，常常當着下人的面教訓她，說甚麼「人笨凡事難」的。找不到跟她說話或聽她說話的人，她只好聽收音機。振保認為這是好事，現代主婦嘛，聽聽新聞，學兩句普通話也好。他有所不知的是，他太太打開收音機，「不過是願意聽見人的聲音」。描寫人的寂寞、孤獨、無告是張愛玲的看家本領。以下這段文字，堪與〈金鎖記〉一些段落相比：

煙鸝得了便秘症，每天在浴室裏一坐坐上幾個鐘頭——只有那個時候可以名正言順的不做事，不說話，不思想，其餘的時候她也不說話，不思想，但是心裏總有點不安，到處走走，沒着沒落的，只有在白天的浴室裏她是定了心，生了根。她低頭看着自己雪白的肚子，白皚皚的一片，時而鼓起來些，時而癟進去，……

用「便秘」的意象來側寫一個獨守空幃女子的苦況，也虧張愛玲想得出來。「她低頭看着自己雪白的肚子」，透着一種「卻下水晶簾，玲瓏望秋月」的淒清幽冷，所謂「哀而不傷」境界也不過如此。令人遺憾的是，這種情景合一的描述，在〈紅玫瑰與白玫瑰〉中，並不多見。張愛玲在1943年出版的小說，還有〈沉香屑：第一爐香〉、〈沉香屑：第二爐香〉、〈茉莉香片〉、〈心經〉和〈琉璃瓦〉五篇。我猜想這一年發表的八篇小說，應該是早已寫好的。一一發表後，成了大名，各方稿約紛至沓來，窮於應付，文字再不能像以前那麼琢磨了。實情是否如此，我們不知道。我們可以肯定的是，如果拿〈封鎖〉、〈金鎖記〉和〈傾城之戀〉的成就來衡量，〈紅玫瑰與白玫瑰〉是一篇失水準之作。

張愛玲的知音

　　初讀張愛玲小說的讀者，尤其是早期的作品，無不為她出眾的才華所傾倒。〈金鎖記〉等名篇1943年在上海刊物連載時，傅雷看到，隨後用筆名迅雨寫了〈論張愛玲的小說〉一文，稱譽這篇小說俐落痛快的文字，彷彿是「天造地設的一般，老早擺在那裏，預備來敘述這幕悲劇的」。

　　薄倖郎胡蘭成，躺在藤椅上初讀〈封鎖〉，「才看了一二節，不覺身體便坐直起來，細細地把它讀完一遍又一遍」。寫《張愛玲傳》的宋明煒，還在中學生時代，初讀《半生緣》，已「彷彿突然看到了整個人生中的陰慘與絕望」。進大學後，他讀了能找到她的和有關她的所有著作，私下許願要為她寫一本傳記。他要弄明白的是：「究竟是怎樣的經歷使她在作品裏把人生寫得如此絕望。」

　　宋明煒要寫的是傳記，當然要知道張愛玲為人怎樣。胡蘭成在《今生今世》中說她「從來不悲天憫人，不同情誰，……她非常自私，臨事心狠手辣」。這些話，說得很重。不錯，張愛玲自己也承認，她「向來很少有正義感」（〈打人〉），因為她「不願意看見甚麼，就有本事看不見」。但我們應該知道的是一向「愛財如命」

的「臨水照花人」，在胡蘭成被通緝落難時，不斷地照顧他的生活。1947年正式跟他決裂，還寄了他三十萬元。

張愛玲1956年在美國嫁的洋丈夫，不但兩袖清風，晚年更半身不遂，生活靠太太賣文浥注。但我們的「祖師奶奶」並沒有對他撒手不管。這樣一個人，怎好說是「心狠手辣」？但以尋常眼光看，張愛玲確是個不好相處的人。她早在〈天才夢〉中就交代過了：「在待人接物的常識方面，我顯露驚人的愚笨。……在沒有人與人交接的場合，我充滿了生命的歡悅。」

如果不是為了生活，逼得她跟陌生人打交道，張愛玲絕對可以遺世獨立過一輩子。她在給朱西甯的一封信中說，自己是個「一句話還沒說完，已經覺得多餘」的人。她晚年在美國那段長長的日子，處處受到知音朋友和晚輩照顧。知音夏志清教授，對她恩重如山，寫介紹信求差事，代接洽出版社，給她的幫忙，可說無微不至，竟沒想到他1985年給她的信，她等到1988年才拆開來看。不拆信的理由多多，但無論如何總是不近人情。

張愛玲離開柏克萊移居洛杉磯時，房子是我老同學莊信正夫婦幫她找的。進門的第一件事，祖師奶奶就「一本正經」對殷勤熱情的女管理員說：「我不會說英文。」知音晚輩莊信正夫婦幫她把細軟安頓好後，「臨別時，她很含蓄地向他們表示，儘管她也搬到洛杉磯來了，但最好還是把她當成是住在老鼠洞裏，她的言外

之意就是『謝絕來往』」。

　　她雖然有跟世人「謝絕來往」的打算，但遇到「感冒、積食不消化、眼鏡找不到、搬家、書籍丟失」等現實生活問題時，幸得各路知音及時施以援手。近讀陳子善等「張迷」編成的資料，發覺在「才女」生命各階段幫過她忙的，除胡適、宋淇（林以亮）和夏志清外，還有不少古道熱腸的晚輩。這些義行，正好是文人惺惺相惜的寫照。他們對張愛玲無所求，有時還得「逆來順受」，熱心幫她忙，只為了憐才。

　　讀〈離騷〉，可以猜想自稱「紛吾既有此內美兮，又重之以修能」的屈子，也是一個不好服侍的人物。張愛玲在這方面倒可愛，沒有自吹自擂的習慣。她的怪癖，生來如此，你喜歡她的文字，其他方面就不好計較了。跟她交往，如果沒有甚麼當務之急要處理，那就由她「怪」去吧，但碰到十萬火急的事，那真的投訴無門。她的住址對所有人保密。跟她通信，要寄到她的郵政信箱，但有時她一年也不會去看信箱。

　　據宋明煒所記，皇冠出版社有時因急事要找她，發傳真到她住所附近的一家雜貨店，但往往要等二三十天她才到雜貨店買東西。由此可知，做張愛玲知音可以，卻不能跟她有甚麼「業務」關係。1969年因夏志清推介，她拿到柏克萊加大陳世驤教授主持的中國研究中心的合約，研究大陸政治術語。據說陳教授對她的表

現很不滿意，但因愛才，也沒有難為她。1971年5月陳世驤因心臟病逝世。事隔一月，張愛玲便被解聘了。大概因受陳教授這個知音的呵護，她才可以在暮色蒼茫時分現身「上班」。辦公室已空無一人，她自成天地，留到午夜才回自己的「老鼠洞」。

小說家言，看來的確不能當真。〈童言無忌〉(1944)有這麼一段話：「有天晚上，在月亮底下，我和一個同學在宿舍的走廊上散步，我十二歲，她比我大幾歲。她說：『我是同你很好的，可是不知道你怎樣。』因為有月亮，因為我生來是一個寫小說的人。我鄭重地低低說道：『我是⋯⋯除了我的母親，就只有你了。』她當時很感動，連我也被自己感動了。」

1991年張愛玲預立遺囑，指定建築師林式同為遺囑執行人，宋淇夫婦全權處理她身後的一切稿件、遺物、財產和版權事宜。從這麼一個蒼涼的手勢可以看到，張愛玲「云空未必空」，留在世上一天也恰如其份地做了俗人，辦了俗務。她在遺囑裏要求死後骨灰撒在任何「蒼涼」的地方。林式同隨同治喪小組成員張錯、張信生和高全之等人，乘船出海到距離加州海岸三海里處撒布骨灰。這些人跟死者無親無故，也絕不可能跟她在月下散過步，聽她訴說過「除了我的母親，就只有你了」。但他們對她，執的是弟子之禮，原因就是為了憐才。細細想來，張愛玲一生拒人於千里，晚年能得知音如此侍奉，真是福氣。

因為文人相輕的「逸事」聽得太多，此文特意選了另一角度說說文人相惜的故事。文人相輕時說的話，比「潑婦罵街」還要刻薄。手頭剛有六月號的《印刻文學生活誌》，且看黃燦然在〈經理和送毒粥〉一文中的大作家福克納怎麼「損」另一大作家亨利‧詹姆斯：「他是我所見最好心的老女士。」胡蘭成「損」對自己有恩情的女人，用詞比福納克更刻薄。真不懂張愛玲為甚麼還「愛」上他。想來也是為了「憐才」吧。

張愛玲教英文

張愛玲一生，除筆耕外，還能靠甚麼為生？她從小對實務糊塗，在自己房間住了兩年，還不知電鈴裝在那裏。她又怕見陌生人。可是「躲進小樓成一統」後，就「充滿了生命的歡悦」，小説、散文、電影劇本、翻譯，你説好了，她都勝任。

最近看了一些她初出道時寫的英文散文，深信她如果能早睡早起，又不怕抛頭露面，大可以到大學去教英文。當然，有沒有學校肯破格錄用一個大學還沒畢業的教員是另一回事。她1939年入讀港大，1942年返回上海。1943年開始在英文刊物《二十世紀》寫稿賺稿費。收入《流言》的〈更衣記〉，原作是英文。

且錄〈更衣記〉("Chinese Life and Fashions") 一段：

If ever memory has a smell, it is the scent of camphor, sweet and cozy like remembered happiness, sweet and forlorn like forgotten sorrow.

張愛玲自小受英文教育。中學時就在學校刊物發表英文習作，在大學唸的又是英文，我們可不可以説她在〈更衣記〉的語

文修養是學校教育的功勞？我想最公平的說法是一半一半吧，但我相信張愛玲的英文造詣是靠自己的天份和後天的努力磨練出來的。從她給弟弟張子靜的「法門」看，她在英文寫作上確下過苦功。

要提高英文和中文的寫作能力，有一個很好的方法，就是把自己的一篇習作由中文譯成英文，再由英文譯成中文。這樣反覆多次，盡量避免重複的詞句。如果你常做這種練習，一定能使你的中文、英文都有很大的進步。

這是大行家的話，現在看看她自己的中譯以上那句英文引文：「回憶這東西若是有氣味的話，那就是樟腦的香，甜而穩妥，像記得分明的快樂，甜而悵惘，像忘卻了的憂愁。」拿這兩段中英互譯的文字看，更教人相信，張愛玲的成就不是偶然。她在兩種文字間輪迴轉生的業績，是我目前一個研究項目。她中英文寫作，那一種較得心應手？這應是後話。

#〈鬱金香〉讀後

　　我把〈鬱金香〉的作者名字塗了，影印了一份給你，説好第二天見面時你要告訴我這篇萬言小説出自誰人手筆。第二天午飯時，你帶了影印本來，一攤開，紙上盡是黃綠彩筆勾出的段落。

　　祖師奶奶的遺墨，你説。怎見得？這有何難，她一落筆就露馬腳，你看：「牆上掛着些中國山水畫，都給配了鏡框子，那紅木框子沉甸甸的壓在輕描淡寫的畫面上，很不相稱，如同薄紗旗袍上滾了極闊的黑邊。」

　　薄紗旗袍上滾了極闊的黑邊，我唸着，對的，確有祖師奶奶三分氣派，但勁道不足，句子欠缺那種「兀自燃燒」的自焚火燄。你問：那一年的作品？1947，我説，在上海的《小日報》連載。呀！怪不得！柯靈的話説對了，張愛玲的傳世之作，早在1943和1944兩年寫完。1947那年，她忙着編劇本，小説作品不多，好像只有〈華麗緣〉和〈多少恨〉。

　　寫得好不好？不是「招牌貨」，你説。如果你拿《傳奇》的名篇比對着看，會失望的。〈鬱金香〉就像〈多少恨〉這類貨色了？可以這麼説，但你若看了1977年她為〈多少恨〉寫的前言，再看〈鬱

金香〉，也許會讀出一番滋味來。且聽她怎麼說：

——我對於通俗小說一直有一種難言的愛好；那些不用解釋的人物，他們的悲歡離合。如果說是太淺薄，不夠深入，那麼，浮雕也一樣是藝術呀。

〈鬱金香〉的敘述中，作者獨步文壇的冷峻意象與譏誚。譬喻雖然不多，叫人過目不忘的浮雕倒也不少。「這老姨太太生得十分富泰，只因個子矮了些，總把頭仰得高高的。一張整臉，原是整大塊的一個，因為老是往下掛搭着，墮出了一些裂縫，成了單眼皮的小眼睛與沒有嘴唇的嘴」。

整體而言，〈鬱金香〉的文字確難跟〈封鎖〉和〈金鎖記〉比擬。你要我舉實例？好吧，你看看正被「二舅老爺」寶餘調戲的婢女金香的樣子好了。

她又退後一步，剛把她的臉全部嵌在那鵝蛋形的鏡子裏，忽然被寶餘在後面抓住她兩隻手，輕輕的笑道：「這可給我捉到了！你還賴，說是不塗胭脂嗎？」金香手掌心上紅紅的，兩頰卻是異常的白，這時候更顯得慘白了。她也不做聲，只是掙扎着，只見她手臂上勒着根髮絲一般細的暗紫賽璐珞鐲子，雪白滾圓的胳膊彷彿截掉一段又安上去了，有一種魅麗

的感覺，彷彿《聊齋》裏的。

小說通篇無鬼氣，卻突然引入《聊齋》的聯想，我們有點措手不及。撇開文字不談，〈鬱金香〉還有別的看頭麼？你要看些甚麼？你知道，張愛玲雖然對通俗小說有偏愛，但她自己寫的，套的雖然是鴛鴦蝴蝶的架構，但男女相悅，除了〈傾城之戀〉勉強説得上是例外，其餘都不成正果。「大舅老爺」陳寶初和金香應是一對鴛鴦蝴蝶，但這位少爺只肯作「無情遊」。他以為自己愛上她了，到分手時，他要金香答應等他回來娶她，但「其實寶初話一説出了口聽着便也覺得不會是真的」。

張愛玲取名《傳奇》的作品，極為現實。這格調在往後的書寫中也沒有改。果然，做人一向不夠「堅決」的寶初，步入中年後就結了婚，金香也嫁了人。一天，他在姊姊家看到弟弟寶餘的太太，以前的閻小姐。「寶初看看她，覺得也還不差，和他自己太太一樣，都是好像做了一輩子太太的人。至於當初為甚麼要娶她們為妻，或是不要娶她們為妻，現在都也無法追究了。」

你要「看頭」，這種對人生的觀察，就是張愛玲作品特有的看頭了。結尾時，寶初聽到閻小姐問金香的身世的，「是不是就是從前愛上了寶餘那個金香？」你猜寶初怎麼反應？

寶初只聽到這一句為止。他心裏一陣難過──這世界上的

事原來都是這樣不分是非黑白的嗎？他去站在窗戶跟前，背燈立看，背後那裏女人的笑語啁啾一時都顯得朦朧了，倒是街上過路的一個盲人的磬聲，一聲一聲，聽得非常清楚。聽着，彷彿這夜是更黑，也更深了。

金香沒有愛上過寶餘，實初比誰都清楚。但他沒有為金香辯白。才二十出頭的人，就給人家大舅老爺前大舅老爺後的招呼着。一個未老先衰民族的未老先衰子弟，還有甚麼氣力談愛情，你說是不是？

到底是中國人

　　《張看》是張愛玲的小說散文集，1976年由香港文化・生活出版社初版，內收〈天才夢〉一篇，有附言曰：「〈我的天才夢〉獲《西風》雜誌徵文第十三名名譽獎。徵文限定字數，所以這篇文字極力壓縮，剛在這數目內，但是第一名長好幾倍。並不是我幾十年後還斤斤較量，不過因為影響這篇東西的內容與可信性，不得不提一聲。」

　　這樣一篇附言，一般「張迷」看了，大概也不會在意。〈天才夢〉是絕好散文，結尾一句，「生命是一襲華美的袍，爬滿了蚤子」，膾炙人口。至於文字為甚麼要如此壓縮，第一名的作者為甚麼可以超額，除了「張學」專家，普通讀者諒也不會深究。

　　十八年後，張愛玲舊事重提。她拿到了台灣《中國時報》文學獎的特別成就獎，因寫了〈憶《西風》〉感言。此文讀來竟有「傷痕文學」味道，值得簡述一次。1939年，張愛玲初進港大，看到上海《西風》雜誌徵文啟事。她手邊沒有稿紙，乃以普通信箋書寫，一字一句的計算字數，「改了又改，一遍遍數得頭昏腦脹，務必要刪成四百九十多字，少了也不甘心。」

不久她接到通知，說徵文獲得首獎。但後來收到全部得獎者名單，第一名另有其人，她排在末尾。根據她的憶述，首獎〈我的妻〉「寫夫婦倆認識的經過與婚後貧病的挫折，背景在上海，長達三千餘字。《西風》始終沒有提為甚麼不計字數，破格錄取。我當時的印象是有人有個朋友用得着這筆獎金，既然應徵就不好意思不幫他這個忙，雖然早過了截稿期限，都已經通知我得獎了。」

　　張愛玲1995年逝世。1994年12月發表的〈憶《西風》〉是她生前見報的最後一篇散文。她決定舊事重提，自覺「也嫌小器，……不過十幾歲的人感情最劇烈，得獎這件事成了一隻神經死了的蛀牙，所以現在得獎也一點感覺都沒有。隔了半世紀還剝奪我應有的喜悅，難免怨憤」。

　　〈憶《西風》〉發表後，「張迷」看了，莫不為她的遭遇感到憤憤不平，但事隔半個多世紀，張愛玲只憑記憶追述，「片面之詞」，可靠麼？陳子善教授終於找到《西風》有關徵文和徵文揭曉的兩份原件，寫了〈《天才夢》獲獎考〉一文，給我們揭開謎底。跟張愛玲的敘述比對過後，發覺她的記憶果然有誤。徵文的字限不是五百字，而是五千字以內。第二個跟她記憶不符的地方是她拿的不是「第十三名名譽獎」，而是第三名名譽獎。不過她「叨陪榜末」倒是事實，因為名譽獎只有三個。

　　張愛玲把五千看成五百，已經糊塗，把名譽獎看成首獎，更

不可思議，不過這件「公案」既然有原件作證，我們只有接受事實：張愛玲的「傷痕」，原是自己一手做成，也因此抱憾終生。撇開這件「風波」不提，張愛玲〈憶《西風》〉最意味深長的一句話是：「我們中國人！」這句「對自己苦笑」說的話，緊接「我當時的印象是有人有個朋友用得着這筆獎金」。未說出來的話是，這種偷天換日、假公濟私的把戲，原是「我們中國人」優為之的事，因此她只好認命，「苦笑」置之。

如果她本該拿首獎後來竟排榜末確是《西風》編輯部營私的結果，那麼我們的確可以把這種「調包」行為看作國民劣根性一顯例。張愛玲自小在陰暗的家庭長大，父親抽大煙，吸毒，花天酒地，動不動就要置兒女於死地。中國文化的陰暗面、中國人的劣根性，她比誰都看得清楚，難得的是她「逆來順受」。如果不是《中國時報》發給她特別成就獎，挑起了她的傷痕，諒她也不會作出「我們中國人」的興嘆，因為張愛玲也接受了自己到底也是中國人這個事實。不妨引〈中國的日夜〉(1947) 作為參考：「我真快樂我是走在中國的太陽底下。……快樂的時候，無線電的聲音，街上的顏色，彷彿我也都有份；即使憂愁沉澱下去也是中國的泥沙。總之，到底是中國。」

我細讀〈憶《西風》〉，想到鄭樹森教授在〈張愛玲與《二十世紀》〉介紹過張愛玲的英文著作。《二十世紀》1941年在上海創刊，

主編克勞斯・梅涅特（Klaus Mehnert）是德國人。這本英文刊物「鎖定」的讀者對象是滯留亞洲的外籍人士。張愛玲於1943年開始在《二十世紀》寫稿，首次登場的是 "Chinese Life and Fashion"（中國人的生活和時裝），後來自己譯成中文，以〈更衣記〉為題發表。鄭樹森說這篇作品看不出翻譯痕跡，只能說是中文的再創作。

因為張愛玲說過「我們中國人！」這句話，我對她刊登在《二十世紀》的文章馬上感到濃厚的「職業興趣」。學術文章就事論事，讀者對象無分種族國界。但散文難免涉及一己的愛憎和是非觀。對象如果是「外人」，那麼說到「家醜」，要不要直言無諱，還是盡力「護短」？以洋人市場為對象的「通俗作家」，因知宣揚孔孟之道的話沒人愛聽，為了讓讀者看得下去，不惜販賣奇技淫巧。纏足、鴉片、風月怪談等 chinoiserie，一一上場。借用十多年前流行的說法，這就是「魔妖化」（demonize）中國。

張愛玲在上海時期靠稿費生活，如果英文著作有「魔妖化」迹象，可理解為生活所迫。但她沒有走「通俗」路子。在〈中國人的宗教〉一文，她談到中國的地獄：「『陰間』理該永遠是黃昏，但有時也像個極其正常的都市，……生魂出竅，飄流到地獄裏去，遇見過世親戚朋友，領他們到處觀光，是常有的事。」

把目蓮救母的場景說成「旅遊勝地」，可見二十四歲的張愛玲，還不失孩子氣。但她一本正經給洋人介紹「我們中國人」的各

種「德性」時，確有見地。最能代表她在這方面識見的，是〈洋人看京戲及其他〉。她一開始就説明立場：

> 多數的年輕人愛中國而不知道他們所愛的是一些甚麼東西。無條件的愛是可欽佩的 —— 唯一的危險就是：遲早理想要撞着了現實，每每使他們倒抽一口涼氣，把心漸漸冷了。我們不幸生活於中國人之間，比不得華僑，可以一輩子安全地隔着適當的距離崇拜着神聖的祖國。那麼，索性看個仔細罷！用洋人看京戲的眼光來觀光一番罷。有了驚訝與眩異，才有明瞭，才有靠得住的愛。

張愛玲初識胡蘭成時，有書信往還。胡蘭成第一封給她的信，「竟寫成了像五四時代的新詩一般幼稚可笑。」張愛玲回信説：「因為懂得，所以慈悲。」《西風》事件對她是一個負面的陰影，可是因為「懂得」，日後才能説出「即使憂愁沉澱下去也是中國的泥沙。」

用洋人看京戲的眼光看中國，看到的是甚麼景象？雖然她説京戲裏的世界既不是目前的中國，也不是古舊中國的任何階段，但她對中國民風民俗的觀察，今天看來一點也不隔膜。且看她怎麼説中國人沒有 privacy 的觀念。「擁擠是中國戲劇與中國生活裏的要素之一。中國人是在一大群人之間呱呱墮地的，也在一大群

人之間死去。……中國人在哪裏也躲不了旁觀者。……清天白日關着門，那是非常不名譽的事。即使在夜晚，門閂上了，只消將紙窗一舐，屋裏的情形也就一目了然。」

她認為因為中國人缺少私生活，所以個性裏有點粗俗，因此除了在戲台上，「現代的中國是無禮可言。」這些觀察，既尖銳，也見膽色，但最教人佩服的還是她對魏晉任誕式人物的評論：「群居生活影響到中國人的心理。中國人之間很少有真正怪癖的。脫略的高人嗜竹嗜酒，愛發酒瘋，或是有潔癖，或是不洗澡，講究捫虱而談，然而這都是循規蹈矩的怪癖，不乏前例的。他們從人堆裏跳出來，又加入了另一個人堆。」

張愛玲向洋讀者介紹「吾土吾民」，依書直說，毫不煽情。沒有抹黑，也不美化。如果中國人愛群居，四代同堂，也沒有甚麼不對，用不着向洋人賠不是。這種不亢不卑的態度，梅涅特極為欣賞。他在編輯按語中指出，張愛玲「與她不少中國同胞差異之處，在於她從不將中國的事物視為理所當然；正由於她對自己的民族有深邃的好奇，使她有能力向外國人詮釋中國人」（鄭樹森譯文）。

張愛玲把自己的英文作品翻譯成中文，大概她認為中國讀者更有理由近距離細看她筆下的中國，好讓他們「懂得」。〈中國的日夜〉以她的一首詩結束：

我的路

走在我自己國土。

亂紛紛都是自己人；

補了又補，

連了又連的，

補釘的彩雲的人民。

　　詩成於1947年，《西風》徵文的風波顯然沒有影響她對自己
到底是中國人身分的認識。

張愛玲的中英互譯 *

一

上世紀九十年代初，我和葛浩文（Howard Goldblatt）教授合編一本現當代中國文學選集。張愛玲的小說〈金鎖記〉早有她自己翻譯的 "The Golden Cangue"，因此我們決定請她幫忙翻譯〈封鎖〉。從夏志清教授那裏拿到她的郵箱地址後，我寫了邀請信給她。跟着天天等候回音，一直等了半年多。我知道她的脾氣，也知道寫信去催也沒有用，但一本現當代中國文學選集不收一篇張愛玲的代表作，對不起她，也對不起讀者。我們只好找別人翻譯。

剛好那時王德威教授有位博士生 Karen Kingsbury，正在研究張愛玲。我請她幫忙，她一口答應了。後來終於接到張愛玲於

---

* 本文係香港科技大學包玉剛傑出講座公開演講之講稿，曾於2005年11月13日於香港中央圖書館演講廳宣讀。承香港科技大學人文社會科學院署理院長鄭樹森教授授權發表，特此致謝。

1993年1月6日發出的回信。

紹銘：

我收到 Kingsbury 小姐第一封信就想告訴她我預備去倉庫搜尋我從前譯的〈封鎖〉，一直沒去成，信也沒有寫。收到她第二封信，非常內疚她已經費事譯了出來，只好去信乞宥。總還要有好幾個月才能到倉庫去，找到了馬上會去信問你有沒有過了出書的限期。但是有 deadline 請千萬不要等我。當然我知道錯過了 exposure 的機會是我自己的損失。匆匆祝
近好

愛玲

一月六日

我們從張愛玲這封信看到兩個要點，一是她有作品自譯的習慣。二是她相當在乎英語讀者對她英文作品的評價。我得在這裏先補充說一句，作者翻譯自己作品時，如果把翻譯當作創作的延續，隨意作即興體的增刪，那麼「翻譯」出來的文本應該視為一個新的藝術成品。[1]

就拿〈封鎖〉為例。Karen Kingsbury 的英譯 "Sealed Off"，是把張愛玲小說從一種文字轉生到另外一種文字。張愛玲如果自己動手翻譯〈封鎖〉，會不會把這篇翻譯當作創作的延續呢，因無實

例，瞎猜無益。我們可以引為論據的是，如果她英譯〈封鎖〉的態度是跟中譯〈更衣記〉的用心一樣，那麼英文文本的〈封鎖〉必會另成天地，獨立於原著之外。〈更衣記〉衍生自她發表在《二十世紀》（*The Twentieth Century*）的英文散文 "Chinese Life and Fashions"（中國人的生活和時裝）。

我參照中英文本，發現不但題目有異，內容上〈更衣記〉也跟英文原文大有出入。那麼 "Chinese Life and Fashions" 和〈更衣記〉是不是兩篇不同的文章呢？不是，〈更衣記〉絕對是脫胎於英文稿，但內容明顯有增刪。為甚麼要更改自己的文章？因為張愛玲寫 "Chinese Life and Fashions" 時，思考用的是英文，好些隱喻或典故，用中文說給中國讀者聽，一點就明，再說就成俗了。但給英語讀者說同樣的事就不能做這個假定，不能點到即止。

"Chinese Life and Fashions" 出版後，她給中文讀者準備中文版本時，也相應的作了增刪。當年用英文書寫，處處顧慮到外國讀者對中國文物的接受能力，許多關鍵地方，因擔心英語讀者閱讀時，即使加了詮釋，也會有技術困難，所以話只說了一半，或乾脆不說。現在把發表過的英文資料重新鋪排給中文讀者看，當年用英文寫作時如果有甚麼「欲言又止」或「未盡欲言」的地方，現在再無技術上的顧慮，可以隨心所欲了。這個因由，可用〈洋人看京戲及其他〉（1943）開頭一段作說明：

用洋人看京戲的眼光來看看中國的一切，也不失為一樁有意味的事。頭上搭了竹竿，晾着小孩的開襠袴；櫃檯上的玻璃缸中盛着『參鬚露酒』；這一家的擴音機裏唱着梅蘭芳；那一家的無線電裏賣着癩疥瘡藥；走到『太白遺風』的招牌底下打點料酒……這都是中國，紛紜，刺眼，神秘，滑稽。多數的年輕人愛中國而不知道他們所愛的究竟是一些甚麼東西。無條件的愛是可欽佩的——唯一的危險就是：遲早理想要撞着了現實，每每使他們倒抽一口涼氣，把心漸漸冷了。我們不幸生活於中國人之間，比不得華僑，可以一輩子安全地隔着適當的距離崇拜着神聖的祖國。那麼，索性看個仔細罷！用洋人看京戲的眼光來觀賞一番罷。有了驚訝與眩異，才有明瞭，才有靠得住的愛。

此文的英文版是："Still Alive"，刊登於1943年6月號的《二十世紀》，比同年1月發表的〈洋人看京劇及其他〉晚五個月。Still Alive原義是「還活着」，但看了內文後，應可明白張愛玲在這裏所指的是京劇裏中國人的人情世態，「紛紜，刺眼，神秘，滑稽」的種種切切，依舊一成不變，「古風猶存」。用英文來講，正好是still alive。

"Still Alive"是這樣開頭的：

Never before has the hardened city of Shanghai been moved so much by a play as by "Autumn Quince" ("Chiu Hai Tang", 秋海棠) a sentimental melodrama which has been running at the Carlton Theater since December 1942.

只要把兩個文本比對一下，馬上可以看出〈洋人看京戲及其他〉上面一段長達七百多字的引文，沒有在 "Still Alive" 這篇英文稿出現。中文稿雖然發表在英文之後，但也有可能是作者先寫好了中文，卻沒有即時拿去發表，所以出版日期比後來寫成的英文稿還要晚。如果情形確實如此，那麼我們可以說張愛玲在準備英文版本時「刪」去了中文開頭時的七百多字。

她為甚麼要大事刪改？我想這涉及讀者對象和「認受」(reception) 問題。「我們不幸生活於中國人之間」，這句話用英文來說，應該是 unfortunately we live among the Chinese，或者是 we move around the Chinese。如果英文文本出現了這句話，就會引起讀者的「身分困惑」。這個「我們」不是 impersonal we。如果洋人讀到這樣一個句子，一定認定此文的作者是個「假洋鬼子」，羞與自己的族室為伍。此文若用中文發表，就不必有上面這種顧慮。用張愛玲的口吻說，反正作者讀者都是中國人，話說重些，也無所謂，大家包涵包涵就是。

〈中國人的宗教〉（"Demons and Fairies"）是張愛玲發表在《二十世紀》最後一篇文章。開頭這麼說：

A rough survey of current Chinese thought would force us to the conclusion that there is no such thing as the Chinese religion.

中文版的開頭，在今天看來，非常政治不正確：「這篇東西本是寫給外國人看的，所以非常粗糙，但是我想，有時候也應當像初級教科書一樣地頭腦簡單一下，把事情弄明白些。」

我兜了這麼大的一個圈子，只想說明一點，張愛玲自己作品的翻譯，如果她管得着，不輕易假手於人。她希望自譯〈封鎖〉，並不表示不信任 Kingsbury 的能力，而是因為譯者不是作者本人，就沒有隨自己所好「調整」文章的自由。張愛玲若要自己翻譯〈封鎖〉，一時性起的話，把結尾改掉，讓呂宗楨和吳翠遠成了「百年好合」，也是她的特權。

〈封鎖〉的原文在翻譯時一經調整，就不能說是翻譯，而應視為一篇原著英文小說。1956年張愛玲在美國 The Reporter 雜誌發表了 "Stale Mates"，兩年後由作者改寫成〈五四遺事〉，發表於夏濟安主編的《文學雜誌》。"Stale Mates" 和〈五四遺事〉如今一併收入《續集》。張愛玲在〈自序〉作了這個交代：

"Stale Mates"（「老搭子」）曾在美國《記者》雙週刊上刊出，虧得宋淇找出來把它和我用中文重寫的〈五四遺事〉並列在一起，自己看來居然有似曾相識的感覺。故事是同一個，表現手法略有出入，因為要遷就讀者的口味，絕不能說是翻譯。

〈五四遺事〉既然「絕不能說是翻譯」，我們倒可以說這是"Stale Mates"的副產品，猶如〈洋人看京戲及其他〉是"Still Alive"的副產品道理一樣。我們不能忘記的是，張愛玲是雙語作家，從小立志步林語堂後塵，以英文寫作成大名。在上海「後孤島」時期，她以小說和散文享譽一時，因有市場需求，稿費和版稅的收入應該相當可觀。單從賣文為生這眼前現實而言，張愛玲留在華文地區一天，也只有靠中文謀生一天。

根據鄭樹森在〈張愛玲‧賴雅‧布萊希特〉[2]一文所列資料，張愛玲在 1956 年得到 Edward MacDowell Colony 的寫作獎金，在二月間搬到 Colony 所在的 New Hampshire 州去居住。"Stale Mates"就在這一年刊登出來的；張愛玲拿的獎金，為期兩年。她呈報給基金會的寫作計劃，是一部長篇小說。依時序看，這長篇應是被 Charles Scribner 退了稿的 *Pink Tears*（《紅淚》）。這家美國出版社先前給她出版過 *The Rice-Sprout Song*。*Pink Tears* 後來易名 *The Rouge of the North*（《怨女》），1967 年由英國的 Cassell & Co. 公司出版。

張愛玲輾轉從上海經香港抵達美國後，換了生活和寫作環境，大概想過今後以英文寫作為生。誰料事與願違，終生未能成為林語堂那樣的暢銷作家。林語堂先聲奪人，分別在1935和1937兩年出版了 *My Country and My People*（《吾國吾民》）和 *The Importance of Living*（《生活的藝術》）這兩本暢銷書。張愛玲在美國賣文的運氣，真不可跟林語堂同日而語。為了生活，她開始跟香港國際電懋影業公司編寫電影劇本，為美國之音編寫廣播劇和香港的美國新聞處翻譯美國文學名著。張愛玲立志要做一個雙語作家，我們因此想到一個非常實際的問題：張愛玲的英文究竟有多好？

二

　　張愛玲的中小學都在教會學校就讀。十八歲那年，她被父親軟禁，受盡折磨。一天，兩個警衛換班時出現了空檔，她就趁機逃出來了。後來她用英文寫下這段痛苦經歷，投到美國人辦的《大美晚報》（*Shanghai Evening Post and Mercury*）去發表。「歷險記」登出來時，編輯還替她加上了一個聳人聽聞的標題：What a Life! What a Girl's Life!

　　根據張子靜的憶述，張愛玲在香港大學唸書期間，盡量避免

使用中文。寫信和做筆記都用英文。她為參加《西風》雜誌徵文比賽寫的〈天才夢〉，是在香港唯一一次用中文書寫的作品。張愛玲從香港回到上海後，有一次和弟弟談到中英文寫作問題。她說：

> 要提高英文和中文的寫作能力，有一個很好的方法，就是把自己的一篇習作由中文譯成英文，再由英文譯成中文。這樣反覆多次，盡量避免重複的詞句。如果能常做這種練習，一定能使你的中文、英文都有很大的進步。[3]

這是大行家的話。我們也因此相信，張愛玲雖然自小在「重英輕中」的名校就讀，對學習英語有諸多方便，但她在英語寫作上表現出來的功夫，應該是個人後天苦練出來的。"Chinese Life and Fashions"（1943）是她在《二十世紀》的第一篇文章。試引第一段作為討論的根據：

> Come and see the Chinese family on the day when the clothes handed down for generations are given their annual sunning! The dust that has settled over the strife and strain of lives lived long ago is shaken out and set dancing in the yellow sun. If ever memory has a smell, it is the scent of camphor, sweet and cozy like remembered happiness, sweet and forlorn like forgotten sorrow.

這種英文，優雅別致，既見文采，亦顯出作者經營意象的不凡功力。前面說過，〈更衣記〉是從 "Chinese Life and Fashions" 衍生出來，文本各有差異，但剛好上面引的一度英文有中文版，可用作「英漢對照」：

> 從前的人喫力地過了一輩子，所作所為，漸漸蒙上了灰塵；子孫晾衣裳的時候又把灰塵給抖了下來，在黃色的太陽裏飛舞着。回憶這東西若是有氣味的話，那就是樟腦的香，甜而穩妥，像記得分明的快樂，甜而悵惘，像忘卻了的憂愁。

我上面說張愛玲的英文「優雅別致」，所引的例子是 If ever memory has a smell... 這句話。但單從語文習慣（idiom）的觀點看，上引的一段英文，似有沙石。The dust that has settled over the *strife and strain* of lives，我用斜體標出來的「片語」，不是英文慣用詞，讀起來不大通順。但英文不是我的母語，因就此請教了我在嶺南大學的同事歐陽楨（Eugene Eoyang）教授。他回郵說：You're right: "strife and strain" is not idiomatic English. 接着他提供了幾種說法：wear and tear (connoting tiredness)、the pains and strains 或 the stress and strains。

上引的一段英文，還把太陽說成 the yellow sun，以張愛玲經營意象的業績來看，實在太平淡無奇了。除非作者着意描寫「變

天」的景象，太陽當然是黃色的。張愛玲對月亮情有獨鍾，對太陽不感興趣。其實她可以把太陽說成the orange sun，像出現在Isaac Babel（1894–1940）早期小說句子中的the orange sun is rolling across the sky like a severed head，「紅橙橙的太陽像斷了的首級那樣滾過天空」。大概因為紅橙橙的意象太暴戾了，張愛玲棄而不用，不偏不倚的把太陽的顏色如實寫出來。張愛玲自譯〈金鎖記〉（"The Golden Cangue"），先載於夏志清教授編譯的 *Twentieth-Century Chinese Stories*（1971），後來又重刊於夏志清、我和李歐梵三人合編的 *Modern Chinese Stories and Novellas: 1919–1949*（1981）。因為工作的關係，我跟哥倫比亞大學出版社的 Karen Mitchell 女士常有書信往還。她是copyeditor。有一次我跟她說到〈金鎖記〉的英文翻譯，順帶問她對譯文的印象如何。她回了短短的幾句話，說張愛玲的英文不錯，只是故事中人對白，聽來有點不自然。People don't talk like that，她說。

今已作古多年的Mitchell小姐不是研究翻譯出身，大概不會想到她區區一句評語，引起了我對翻譯問題一連串的聯想。賽珍珠（Pearl Buck）當年翻譯《水滸傳》（*All Men Are Brothers*），為了給文字製造一點「古意」，竟然仿效「聖經體」寫出come to pass這種「典雅」英文來。對熟悉原著的讀者來說，這配搭有點不倫不類，害得梁山好漢如李逵說話時嘴巴長滿疙瘩似的。霍克思（David

Hawkes）譯《石頭記》（*The Story of the Stone*），沒有仿維多利亞文體，但為了製造「古意」，也把第五回中警幻仙姑「警幻」寶玉時所用的名詞如「群芳髓」和「萬豔同杯」分別譯成法文和拉丁文 Belles Se Fanent 和 Lachrymae Rerum，象徵性的突顯《石頭記》的「古典氣息」。

單從文體來講，霍克思譯文最能表達賈政那類人迂腐氣味的是第十八回元春歸寧時父親含淚對女兒說的那番話：臣，草莽寒門，鳩群鴉屬之中，豈意得徵鳳鸞之瑞……

霍克思的翻譯：That a poor and undistinguished household such as ours should have produced, as it were, a phoenix from amidst a flock of crows and pies to bask in the sunshine of Imperial favour...

「草莽寒門，鳩群鴉屬」是富有「時代氣息」的階級語言。父女對話，居然用「連接詞」that 引出，實在迂得可以。要不是霍克思譯的是《石頭記》，我們也可以說：people don't talk like that，但賈政在第十八回面對的元春已是皇妃，不再是 people，賈政跟她說話的詞藻與腔調，也因應「八股」起來。

張愛玲自譯〈金鎖記〉時不必面對這種語言風格問題。小說的背景是清末民初，曹七巧的年紀理應跟阿 Q 差不多，因此故事中人在英文版說的話是現代英語。上文提到的 Karen Mitchell 小姐，認為譯文中的人物說話時 not the way people talk，可能指的就是他

們用的不是colloquial English。換句話說，我們聽季澤和七巧交談時，沒有聽到Where's the beef? You're pulling my leg這種口頭禪。

　　既然 Mitchell 小姐沒有提供實例，我們也不好瞎猜她認為〈金鎖記〉的英語對白中有那些地方欠妥。"The Golden Cangue"，是直接從〈金鎖記〉翻譯過來的，中英對照來讀，段落分明，文字沒有添減，因此我們可以就事論事，自己來衡量張愛玲運作第二語言（英文）的能力。前面說過，英語也不是我的母語，因此重讀"The Golden Cangue"時，遇到譯文有我認為可以商榷的地方，就勾出來向歐陽楨教授討教。先錄〈金鎖記〉開頭一段，再附譯文：

　　三十年前的上海，一個有月亮的晚上⋯⋯我們也許沒趕上看見三十年前的月亮。年輕的人想着三十年前的月亮該是銅錢大的一個紅黃的濕暈，像朵雲軒信箋上落了一滴淚珠，陳舊而迷糊。老年人回憶中的三十年前的月亮是歡愉的，比眼前的月亮大、圓、白；然而隔着三十年的辛苦路望回看，再好的月色也不免帶點凄涼。

　　Shanghai thirty years ago on a moonlit night... maybe we did not get to see the moon of thirty years ago. To young people the moon of thirty years ago should be a reddish—yellow wet stain the size of a copper coin, like a teardrop on letter paper by To yün Hsüan, worn and blurred. In old people's memory the moon of thirty years ago was gay, larger, rounder, and whiter than the moon now. But seen after thirty years on a rough road, the best of moons is apt to be tinged with sadness.

我們可以看出張愛玲英譯〈金鎖記〉，一字一句貼近原文。以譯文的標準看，可説非常規矩。但我為了寫這篇文章細讀譯文時，特意不把 "The Golden Cangue" 當做翻譯來看。我拿裏面的文字作她英文原著小説來看待。讀到上引的一段最後一句時，就在 the best of moons 上打了問號，向歐陽楨教授請教。

The best of moons 的説法，是不是從「月有陰暗圓缺」衍生出來？因為意思拿不準，只好參看原文。原句是：「再好的月色」。中文絕無問題，但 the best of moons？聽來實在有點不自然。歐陽楨看了我的問題後，來了電郵説："The best of moons" is puzzling in English. Moon does not figure in any idiom that I know of to connote joy or happiness.

這個不合 idiom 的片語，怎麼改正呢？我想有個現成的方法。如果「歡愉」的月亮可以説成 the gay moon，那麼 the best of moons 應可改為 even the moon at its gayest moment is apt to be tinged with sadness。

如果我繼續以這種形式來討論張愛玲的英文寫作，恐怕會變得越來越繁瑣。但為了要說明張愛玲寫英文不像中文那樣得心應手，我們還得多看幾個例子。

七巧顫聲道：「一個人，身子第一要緊。你瞧你二哥弄得那樣兒，還成個人嗎？還能拿他當個人看？」

Her voice trembled. "Health is the most important thing for anybody. Look at your Second Brother, the way he gets, is he still a person? Can you still treat him as one? "

看來要明白 is he still a person 究竟何所指，不但需要比對原文，還要熟悉這「二哥」的健康狀況。原來「二哥」患了骨癆，「坐起來，脊梁骨直溜了下去，看上去還沒有我那三歲的孩子高哪！」

Is he still a person 有哪些不對？下面是歐陽楨的電郵："Person" is social; "human" is biological and spiritual. Eileen Chang would have been better off translating her original as "is he still a human being any more? "

下面的例子，直接與 idiom 有關：

（七巧）咬着牙道：「錢上頭何嘗不是一樣？一味的叫我們省，省下來讓人家拿出去大把的花！我就不伏這口氣！」

She said between clenched teeth, "Isn't it the same with money? We're always told to save, save it so others can take it out by the handful to spend. That's what I can't get over."

問題出在 take it out by the handful。歐陽楨說：understandable but not idiomatic; the native speaker would more naturally have said, "so that others could spend it like there's no tomorrow" ── more hyperbolic and more vivid; "handful" connotes an old-fashioned image, as if money were still in gold coins.

我比對了原文和譯文後，發覺「不伏這口氣」也可以翻譯得更口語化：that's what I can't swallow!

〈金鎖記〉的譯文，有些段落是先要熟悉原文的故事情節才能看出究竟來的。像上面出現過的「你瞧你二哥弄得那樣兒，還成個人嗎？」就是個例子。下面例子類同：

"You know why I can't get on with the one at home, why I played so hard outside and squandered all my money. Who do you think it's all for? "

我對歐陽楨教授說，why I played so hard outside 可能會引起不諳原文讀者的誤解。原文是這樣的：「你知道我為甚麼跟家裏的

那個不好？為甚麼我拚命的在外頭玩，把產業都敗光了？你知道這都是為了誰？」

歐陽楨回信說：While "played hard" is a conceivable idiomatic expression, it is usually applied to sports and can be, ironically, applied to other leisure and professional activities, i.e., "I play hard, and I party hard." As a metaphor it can be used to characterize business practices. But the use here is confusing to the native speaker, because the reader is not certain whether "played hard" means "ruthlessness in his work" (in earning money and going up the corporate ladder), or "determined attempts to have fun"—either sense could apply.

對熟悉原文故事來龍去脈的讀者來說，「拚命的在外頭玩」在這裏的對等英文該是 why I fooled around so much outside。「在外頭玩」怎樣也不會引起「拚命賺錢」的聯想的。把〈金鎖記〉的原文譯文略一比對後，我們不難發現，張愛玲的英文再好，在口語和 idiom 的運用上，始終吃虧。她到底不是個 native speaker of English。她的英文修養是一種 acquisition，是日後苦練修來的 bookish English，不是出娘胎後就朝晚接觸到的語言。

哈金 (Ha Jin) 小說《等待》(Waiting) 1999 年獲得 National Book Award 大獎。Ian Buruma 在 The New York Review Books 有此評價：It is a bleak story told in a cool and only occasional awkward English prose.

就是說，文字幽冷，只偶見沙石。那些「沙石」? Buruma 沒有說出來，但事有湊巧，歐陽楨也看到了。他在 "Cuentos Chinos (Tall Tales and Fables): The New Chinoiserie" 一文舉了好些例子，我抽樣錄下兩條：

After Lin's men had settled in, Lin went to the "kitchen" with an orderly to fetch dinner. In there he didn't see any of the nurses of his team.

歐陽楨的看法是，一個英語是母語的人，大概會這麼說：Inside, he didn't see any nurses from his team.

第二個例子：

Then for three nights in a row he worked at the poems, which he enjoyed reading but couldn't understand assuredly.

歐陽楨在 assuredly 下面劃線，因為這是最不口語的說法。他覺得這非常 awkward 的句子可改為：which he enjoyed reading but which he wasn't sure he understood.

　　哈金現在在美國大學教英文寫作。他是在大陸唸完大學才到美國唸研究院的，因此我們可以假定他接觸英文的年紀比張愛玲晚。從上面兩個例子看出，他的英文也是 bookish English。

Bookish English 我們或可譯為「秀才英文」。喬志高（George Kao）在〈美國人自說自話〉一文告訴我們：

> 我初來美國做學生的時候，在米蘇里一個小城，跟本地人談起話來，他們往往恭維我說：你的英文說得比我們還正確。這一半當然是客氣。我的英文沒有那麼好，直到今天我一不小心，he 和 she 還會說錯，數起數目，用一二三四仍然比 one，two，three，four 來得方便。

　　我相信米蘇里小城的「土著」沒有對喬志高說假話，但說的也不見得是恭維話。我相信喬志高跟他們交談時，說的一定是「秀才英語」，一板一眼，依足教科書的規矩。譬如說，「這事非我所長」，他一定會規規矩矩的說，I am not good at it。He 和 she 有時還會錯配的喬志高，敢造次對他們說 I ain't good at it 麼？I am not 的確比 I ain't 正確，但不是他們心目中的道地英語，不是活的語言。

　　Karen Mitchell 覺得〈金鎖記〉中的對白不太自然，關鍵可能就在這裏。不過 Mitchell 的說法帶出了另外一個問題。像〈金鎖記〉這類小說，如果把「老娘愛幹甚麼就幹甚麼」這種口吻翻譯成 I'll do what I bloody well please；把勸人別胡思亂想，好好面對現實說成 stop dreaming、get real 或 get a life；或者叫朋友別衝動，要保持

冷靜時用了 Cool it, man! 這種「街童」lingo ——我相信〈金鎖記〉的蒼涼氣氛會因此消失。Cool man cool 這種「痞子」語言，若出現在王朔的英譯小說中，讀者應該不會覺得生疏突兀，可是在張愛玲的小說出現的話，我們會像在一個絲繡的圖案中突然看到幾條粗麻線條的浮現，予人格格不入的感覺。

總括來講，如果英語為母語的讀者覺得張愛玲的英譯對白聽來有點不自然，原因不在她用的口語「跟不上時代」，而在她把原文轉移為英文時「消化」功夫沒做好。上面用過的兩個例子「拚命的在外頭玩」和「省下來讓人家拿出去大把的花」英譯時都患了「水土不服」症。

我細看〈金鎖記〉譯文，發覺張愛玲的敘述文字，並沒有這種「水土不服」的痕跡。迅雨（傅雷）在〈論張愛玲的小說〉一文中對〈金鎖記〉的文字極為欣賞。我們抽樣看一段原文，再看譯文：

> 七巧低着頭，沐浴在光輝裏，細細的音樂，細細的喜悦……這些年了，她跟他捉迷藏似的，只是近不得身，原來還有今天！可不是，這半輩子已經完了——花一般的年紀已經過去了。人生就是這樣的錯綜複雜，不講理。當初她為甚麼嫁到姜家來？為了錢麼？不是的，為了要遇見季澤，為了命中註定她要和季澤相愛。……就算他是騙她的，遲一點兒發現

不好麼？即使明知是騙人的，他太會演戲了，也跟真的差不多罷？

Ch'i-ch'iao bowed her head, basking in glory, in the soft music of his voice and the delicate pleasure of this occasion. So many years now, she had been playing hide-and-seek with him and never could get close, and there had still been a day like this in store for her. True, half a lifetime had gone by—the flower years of her youth. Life is so devious and unreasonable. Why had she married into the Chiang family? For money? No, to meet Ch'i-tse, because it was fated that she should be in love with him.... Even if he were lying to her, wouldn't it be better to find out a little later? Even if she knew very well it was lies, he was such a good actor, wouldn't it be almost real?

為了交代「細細的音樂，細細的喜悅」的出處，張愛玲在譯文說明了「音樂」來自季澤的聲音，而「喜悅」是因為他們「喜相逢」。這種補添，符合了翻譯的規矩。我細細列出〈金鎖記〉這段敘述文字，用意無非是向讀者引證，不論以翻譯來看、或是獨立的以英文書寫看，這段文字都可以唸出「細細的音樂」來。張愛玲的英文，自修得來。這一體裁的英文，是「秀才英文」，她寫來得心應

手，不因沒有在「母語」環境下長大而吃虧。

張愛玲的散文集《流言》(*Written on Water*) 剛出版了英譯本，譯者是Andrew F. Jones。前面説過，〈更衣記〉和〈洋人看京戲及其他〉，原為英文，刊於《二十世紀》。張愛玲後來自譯成中文，作了一些增刪。為了方便比對，現在把〈更衣記〉的英文原文一小段重錄一次，附上她自譯的中文稿，然後再看看Jones根據她的中文稿翻譯出來的英文。

(1) If ever memory has a smell, it is the scent of camphor, sweet and cozy like remembered happiness, sweet and forlorn like forgotten sorrow (from "Chinese Life and Fashions").

(2) 回憶這東西若是有氣味的話，那就是樟腦的香，甜而穩妥，像記得分明的快樂，甜而悵惘，像忘卻了的憂愁。(〈更衣記〉)

(3) If memory has a smell, it is the scent of camphor, sweet and cozy like remembered happiness, sweet and forlorn like forgotten sorrow (from "A Chronicle of Changing Clothes" translated by Andrew F. Jones).[4]

Jones在譯文頁內落了一條註，説明他的譯文是「三角翻譯」(triangulated translation) 的成果。沒有出現在 "Chinese Life and

Fashions"的片段，他在翻譯〈更衣記〉時作了補充。張愛玲英文功力如何，我們看了前面〈金鎖記〉一段引文，應有印象。Jones翻譯〈更衣記〉時，不可能不受原作者「珠玉在前」的影響。我們從上面的例子看到，張愛玲的英文原文，Jones除了刪去ever外，其餘一字不易。要把上引的四十多個字再翻譯成Jones自己的英文，最費煞思量的，應是尋找甜而穩妥的「穩妥」和甜而悵惘的「悵惘」的dynamic equivalent。Jones一定為此斟酌了許久，最後還是決定了保留張愛玲的原文。Cozy和forlorn在這獨特的context中確是恰到好處的mot juste。

除了在《二十世紀》發表的散文和翻譯小說"The Golden Cangue"外，可用來衡量張愛玲英語水平的還有不少其他作品。短篇小說有"Stale Mates"（〈五四遺事〉），長篇有 *The Rice-Sprout Song*（《秧歌》），*Naked Earth*（《赤地之戀》）和 *The Rouge of the North*（《怨女》）。本文用了她的散文和譯文來測量她駕馭英語的能力，極其量是以小觀大。但我相信目標已達。把她所有的英文著作和譯作拿來一併討論，覆蓋面當然會更周詳，但這樣一個研究計畫所需的時間和篇幅，遠遠超過本文範圍。我有舊文〈甚麼人撒甚麼野〉，可引一段作本文的結束：

我始終認為，精通數種外語固然是好事，但不能失去母語

的溫暖。學來的外語，可寫「學院派」文章。母語除立讜言偉論外，還有一妙用：撒野。近十年來的美國漢學家，不但推倒了「前浪」輩那種「啞口無言」的傳統，傑出的還可以用中文著作。這類學者很多，單是舊識就有葛浩文（Howard Goldblatt）和杜邁可（Michael Duke）兩位。他們的中文著作，文字不但清通，且時見婀娜之姿。這算不算好中文？那得看我們對「好」的要求怎樣。他們的文字，不但故事有井有條，而且遣詞用句，有板有眼。在這意識上說，這是好中文。但問題也在這裏：太規矩了。中文畢竟不是他們的母語，因此他們寫的是書本上等因奉此式的中文。換句話說，他們沒有撒野的能力。[5]

張愛玲和哈金，任他們怎樣能言善道，欠的就是用英文罵街撒野的能耐。就張愛玲的作品而言，讀〈金鎖記〉的原文，總比讀英譯本舒服。故事儘管蒼涼，但中文讀者讀中文，在語言上總感覺到一種「母語的溫暖」。

註 釋

1　有關作者自譯的效果問題，請參閱我兩篇舊作：(a) Joseph S. M. Lau, "Unto Myself Reborn: Author as Translator," *Renditions*, Nos. 30–31, Spring, 1989；(b)〈輪迴轉生：試論作者自譯之得失〉，收入《未能忘情》，台北：三民書局，1992。

2　見鄭樹森編選，《張愛玲的世界》(台北：允晨文化，1994)，頁33–40。

3　張子靜，《我的姊姊張愛玲》(台北：時報文化，1996)，頁117。

4　Eileen Chang, *Written on Water*, translated by Andrew F. Jones, New York: Columbia University Press, 2005, p. 65.

5　劉紹銘，〈甚麼人撒甚麼野〉，收入《文字豈是東西》(瀋陽：遼寧教育出版社，1999)，頁179–180。

輪迴轉生：試論作者自譯之得失

　　一個有語言天才的人，可以兼通多種外語，但就常情而論，總該有一種語言是他與生俱來的，這就是所謂母語或第一語。但也有例外，如批評家史泰納 (George Steiner) 就是個顯著的例子。他說：

> 我想不起來哪一種是我的第一語言。就我自己所知，我在英文、法文和德文三種語言的程度，各不分上下。除此之外，我後來學的語言，無論是說、寫、讀哪一方面，都留下了用心學來的感覺。我對英、法、德三種語言的經驗卻不一樣：這些都是我意識的本位，毫無程度上的分別。有人用這三種語言來測驗我速算的能力，結果發現在速率和準確性上無顯著的差異。我做夢時用這三種語言，不但密度對等，語意和象徵上的啟發性也是相當的。……以催眠來探求我「第一種語言」的嘗試同樣失敗。通常的結果是：催眠師以那一種語言問我，我就以那一種語言回答。

一

　　現在我們不妨來個假設：如果杜甫通曉的「第一語」中包括英文，他會不會願意答應我們的請求，把自己得意的〈秋興八首〉翻譯成英文呢？拉伯薩（Gregory Rabassa）說過，能夠駕馭一種文字以上的作家如納波可夫（Nabokov）和貝克特（Beckett）通常寧願由別人英譯自己作品。話說得不錯，但如果我們假設的杜甫願意姑且一試呢？那會有甚麼效果？

　　我們不妨先看看格雷厄姆（A. C. Graham）「玉露凋傷楓樹林」的現成翻譯：Gems of dew wilt and wound the maple trees in the wood. 格雷厄姆的第一語是英語，我自己的母語是中文。把這兩個句子相對來看，我覺得譯筆傳神。但杜甫本人會不會認為「天衣無縫」呢？這就難說了。照理說，大詩人中英文功力相等的話，而他又不嫌麻煩，願意把〈秋興八首〉譯成英文，效果應該比格雷厄姆更令人滿意。原因簡單不過：格雷厄姆雖然是翻譯名家，但究竟不是杜甫。

　　不過，即使杜甫願意翻譯杜甫，除非他跟隨劉易士（Philip E. Lewis）的例子，他也會遇到一般中譯英翻譯家遇到的技術困難。劉易士用法文寫了篇論文，後應邀把這篇文章英譯出來。他說：「謝天謝地，一個原作者把自己的文章譯成一種文字時，可以隨

心所欲、天馬行空。翻譯別人的作品，可不能那麼自由了。」

就英法兩國的文化背景而言，劉易士譯文即使沒有隨心所欲的自由，他遭遇到的技術困難，絕對沒有杜甫譯杜甫那麼艱鉅。法文的 Notre Dame de Paris，不用翻譯，「搬」過來就是。但杜詩中出現的「巫山」和「巫峽」譯成 Mount Wu 和 the Wu gorges 就不是巫山、巫峽了。這正如 Dover Beach 在安諾德（Matthew Arnold）的詩中有其獨特的時代意義。譯成「多佛海灘」而不附詳細的詮釋，中國讀者說不定會望文生義，想到旁的地方去。

歐文（Stephen Owen）把這類中詩英譯的技術障礙分為兩個層次，即語言文化的（linguistic-cultural）和美學的（esthetic）。就拿「青青河畔草」的「青」字來說吧。一般的翻譯，都作 "green green, river bank grasses" 或 "green green, grasses by the river bank"，可是歐文卻認為「這有點不對，因為『青』是一種草色，揉合了我們習知的『藍』與『綠』兩種色調。」

以他看來，「青」在英文中沒有一個相等的字。歐文同時指出，長在這河畔的「草」也許只有 grasses，但換了另一個上下文，就說「百草衰」吧，這個「草」就不好翻了。若翻成 the hundred plants wither 呢？會有甚麼問題？

讀者可能把草木（plants）作狹義的解釋：莖較灌木為短、

較草為長、有葉無花。讀者亦可能把草木誤作類名看，因此不把樹木算在裏面。我們又不能把「百草」只譯作「草」（grasses），因為在英文裏的草是不包括短小的草木的。說「植物」（vegetation）也不成，因為植物通常包括樹木。……總而言之，把「草」譯成grasses就丟了plants。反之亦然，且不說其他因「百草衰」而引起的千絲萬縷的聯想了。

杜甫自譯〈秋興八首〉所面對的問題，恐怕比上面提到的還要複雜。我們知道，有些中國舊詩之不好懂，並非文字艱深，而是由於典故隱喻所致。我們隨手在第一、二節就可撿到「寒衣處處催刀尺，白帝城高急暮砧」和「聽猿實下三聲淚，奉使虛隨八月槎」這類與中國歷史、文化、神話與傳統密不可分的關節。中國讀者靠了詮釋的幫忙，弄遍了詩人言外之意後，還可以進一步欣賞杜甫的詩才。英文翻譯當然也得落註，但對看到了「龍」就自動套入西方dragon傳統的讀者而言，話說得再清楚，反應也不會像中國讀者對「魚龍寂寞秋江冷」那麼容易投入歷史。

我們把杜甫「假設」起來，只想證明拉伯薩的說法不無道理。擁有中英兩種「母語」的杜甫，寧用兩種文字創造兩個別有風貌的世界，也不會自己搞起翻譯來。中西文化有異，各有一套價值觀，感性自然也不一樣。像「同學少年多不賤，五陵衣馬自輕肥」

和「雲移雉尾開宮扇，日繞龍鱗識聖顏」，今天我們自己看來，已有不勝其酸迂之感，更何況外國讀者？

二

現在我們撇下假設的杜甫不談，且找些作家自譯的實例。在中國傳統詩人中，因血統和特殊背景的關懷，除中文外可能還兼通另一種語言的想有不少。元人薩都剌先世為答失蠻氏，實為蒙古人。納蘭性德為滿清正黃旗人。照常理說，他們都有自己母語。可惜的是，他們即使曾經把自己的詞「翻譯」成蒙文滿文，我們亦不得而知。

近代詩人中受過外國教育的多的是。三十年代知名作家中就有留英美的徐志摩、聞一多和朱湘。他們的英文寫作能力應無疑問，只不過他們的態度可能像納波可夫和貝克特一樣，不願翻譯自己的作品而已。

假如我們在現代詩人中找不到作者譯者兼一身的實例，我不會想到要寫這篇文章。在正式舉例明之以前，我們先問一個翻譯上的問題：白話詩是不是比舊詩好翻譯？我們認為這不能一概而論，因為舊詩人中有「顯淺」如白居易，而新詩人中有「晦澀」如李賀者。如果白話詩「白」得像艾青的〈紐約〉（1980），那麼我們也許

可以說：白話詩不難翻。先引兩節原文，再看看歐陽楨的翻譯。

轟立在哈得孫河口

整個大都市

是巨大無比的鋼架

人生活在鋼的大風浪中

Standing at the mouth of the Hudson River

An entire metropolis

A huge, incomparable framework

Human lives in a maelstrom of steel

鋼在震動

鋼在摩擦

鋼在跳躍

鋼在飛跑

Steel vibrating

Steel rubbing together

Steel vaulting up

Steel flying through

我們閱讀舊詩，心無旁騖，對每一個單字、片語和細節都不放過，深怕略一粗心就失其微文大義。唸艾青這首詩，倒不必花這麼大氣力。此詩文字透明，意義也毫不晦澀。「百草衰」中的「草」字給譯者帶來的困擾，我們在上面已經談過。「紐約」的鋼，並沒有甚麼隱義可言。鋼是 steel；steel 就是鋼。

從翻譯的觀點而言，詩中某些動詞片語倒可有不同的譯法。就拿「震動」來說吧，vibrating 的同義中，隨便就可找到 shaking，quaking 或 trembling 等代用詞。不過，由於在艾青眼中的紐約是個充滿了貪婪動力的社會，歐陽楨選擇了 vibrating，非常得體。

五四以來用白話寫成的詩也叫新詩。新詩中現代感性濃厚的叫現代詩。此文僅討論翻譯問題，不擬在此詳作介別。我們在前面說過，新詩舊詩翻譯之難易，全視個別例子，不能一概而論。文革後有所謂「朦朧詩」之出現，語言雖用白話，意象卻難捉摸。其實，如果顧城和北島等人的「朦朧」作品能稱得上現代詩的話，那麼中國新詩早在這個世紀初已「現代」得很了。我們試看李金髮〈棄婦〉兩行：

靠一根草兒與上帝之靈往返在空谷裏
我的哀戚惟遊蜂之腦能深印着

以文字論，這兩個句子也「白」得不能再白了。我們先看看

許芥昱怎麼翻譯：

By way of a blade of grass I communicate with God

    in the desert vale.

Only the memory of the roaming bees has recorded my sorrow.

紐馬克（Peter Newmark）在 *Approaches to Translation* 把翻譯分為兩類：「傳神翻譯」（communicative translation）和「語義翻譯」（semantic translation）。前者的意圖是把原文讀者的感受盡可能絲絲入扣地傳達給看翻譯的讀者。後者所追求的是在不違反「第二語」的語義與句子結構的原則下，盡量保持原文上下文的本來面目。

依此說來，許芥昱把「遊蜂之腦」譯成 memory of roaming bees；「能深印着」解作 has recorded，採用的是所謂「傳神」譯法。如果他要拘泥原文字義，「我的哀戚惟遊蜂之腦能深印着」可能會以這種面目出現：My sorrow can only be deeply imprinted in the brains of the roaming bees。

兩種譯法究竟哪一種可取？在我個人看來，這是感性上見仁見智的問題。現代詩特色之一是反傳統，而一個人的「哀戚」要依靠「遊蜂之腦」來「深印着」，可見思維跟句子一樣不墨守成規。把原文和譯文對照看，許芥昱做了點剪裁工夫。幅度不大，意思

也沒改變，但還是剪裁了。照我們的經驗看，這是權衡輕重後的決定。李金髮寫的是現代詩，即要破舊立新、自成一格，因此看來怪異的句子也許還是他的特色。

譯成英文，立意存其怪趣，説不定會被讀者認為文字欠通。我想許芥昱是在這個考慮下才決定用約定俗成的英文來翻譯的。Only the memory of the roaming bees has recorded my sorrow 是不是「詩才橫溢」的翻譯且不説，文義清通是沒問題的。

許芥昱的剪裁，出於譯文文體的考慮。〈棄婦〉全詩的命意，也許深不可測，但作獨立的句子看，自成紋理。「靠一根草兒與上帝之靈往返在空谷裏」，文字意象確有不尋常處，但不難理解。既能理解，就可以翻譯。因此我們可以説許芥昱譯〈棄婦〉並沒有遇到甚麼特別困難。

余光中譯紀弦詩〈摘星的少年〉面對的問題可不一樣。

摘星的少年，
跌下來。
青空嘲笑它。
大地嘲笑它。
新聞記者
拿最難堪的形容詞

冠在他的名字上，

嘲笑他。

The star-plucking youth

Fell down,

Mocked by the sky,

Mocked by the earth,

Mocked by the reporters

With ruthless superlatives

On his name.

紀弦這首詩，除了代名詞「它」外，其餘都淺顯易懂。「它」、「牠」、「祂」這類字眼，是西化中文的沙石，識者不取。紀弦要用，也就罷了，可惜此詩中的「它」卻不明所指。作抽象化名詞用的話，那麼「它」指的當是少年攀天空摘星星這回事。據此，依紐馬克對「語義翻譯」的解說，「青空嘲笑它」和「大地嘲笑它」大可譯作：It is mocked by the sky, / It is mocked by the earth.

為了怕讀者看了不知所云，更可不厭其煩地譯作：The whole venture [of star plucking] is mocked by the sky, / The whole venture [of star plucking] is mocked by the earth. 當然，就英文而論，這屬於「奇文共賞」。究竟「它」指的是甚麼呢？中文讀者可以不去理會

「它」，但翻譯卻不能逃避「它」。幸好英文有被動語態，余光中也因利乘便，以「朦朧」手法輕輕帶過。Mocked by 是「被嘲笑」，至於被嘲笑的是人還是事，也成了密不可分。

三

余光中用被動語態把「他」、「它」矛盾權宜消解。可是我們假設紀弦精通英語，而他在本詩中分別用了中性和人身代名詞，證明他不是「他」、「它」不分的糊塗人，那麼，他會不會覺得譯文有點偷天換日呢？最好的假設當然是，紀弦若要自己動手翻譯，效果又如何？

這一點我們永遠不會找到答案，因此不必徒勞無功地假設下去。余光中喜歡翻譯自己的詩，我們就用他作詩人自譯的第一個例子吧。他的〈雙人床〉除了自己的譯文外，還有葉維廉的譯本。

雙人床
讓戰爭在雙人床外進行
躺在你長長的斜坡上
聽流彈，像一把呼嘯的螢火
在你的，我的頭頂竄過

竄過我的鬍鬚和你的頭髮

讓政變和革命在四周吶喊

至少愛情在我們的一邊

葉譯：DOUBLE BED

Let war go on beyond the double bed,

Lying upon your long, long slope,

We listen to stray bullets, like roaming fireflies

Whiz over your head, my head,

Whiz over my moustache and your hair

Let coups d'etat, revolutions howl around us;

At least love is on our side...

余譯：THE DOUBLE BED

Let *war rage* on beyond the double bed

As I lie on the *length* of your slope

And hear the straying bullets,

Like a swarm of whistling *will-o'-the-wisps*

Whisk over your head and mine

And through your hair and through my beard.

On all sides let revolutions growl,

Love is at least on our side...

　　余譯要提出來討論的字句，我都用了斜體字以茲識別。余、葉兩位都是詩人，但〈雙人床〉是余光中自己的詩，套用劉易士的話，他翻譯時可以「隨心所欲、天馬行空」。葉維廉翻譯人家的作品，就沒有這種特權了。

　　這分別在第一行就看得出來。「進行」是go on，葉維廉譯得中規中矩。不譯 go on，用死板一點的 proceed 也不失原義。但我們認為，葉維廉想像再出奇，也不會越份把「進行」與rage同樣看待。Rage是「怒襲」或「激烈進行」，以〈雙人床〉的文義看，不但言之成理，且見神來之筆。

　　葉維廉把「長長的」譯成long, long，手法與把「青青河畔草」的「青青」譯成 green, green 相同。余光中譯文棄複式形容詞不用而用名詞 length 對原義無大影響。不過，觀微知著，我們可從葉、余二家處理小節的態度，看出翻譯別人的作品與自己的東西在心理上確有到人家家裏作客與躲在自己「狗窩」活動的分別。從上面例子看，他們二人在翻譯上的差異似乎僅出於修辭上的考慮，但我們再往下看，就會發覺他們兩人的分別，不限於修辭那麼簡單。

　　第三行有「呼嘯的螢火」。葉維廉一板一眼的譯了。若要吹毛

求疵，我們不妨指出，像流彈一樣「呼嘯」的螢火不可能roaming那麼逍遙。

同樣的中文句子，余光中自己翻譯出來就大異其趣。螢、熒相通，但既可以「一把」計算，想是夏夜出現的螢火蟲無疑。不知余光中是否在譯詩時突然想到：雙人床外烽火漫天，在馬革裹屍的戰場上，磷火的意象在此詩中比螢火更陰森恐怖。大概有見及此，他乾脆不理原文，因譯成 Like a swarm of whistling will-o'-the-wisps。他當然有權自作主張，可是單就英文而言，這說法大有商榷之處。第一：磷火不像螢火，不能以swarm論之。第二：磷火是一種燃燒的沼氣，不會像螢火那像升空「呼嘯」。

但這都不是我們要討論的問題核心。我們應注意的是：余光中自操譯事，可以「見獵心喜」，隨時修改原著。葉維廉若把螢火改為磷火，恐遭物議。除以磷易螢外，余光中還作了另一剪裁。原文是「讓政變和革命在四周吶喊」。看譯文，政變好像沒有發生過，只有革命在四周喧嚷。

四

余光中譯作改動原文，是不爭的事實，至於他為甚麼要作這種改動，這問題已由翻譯移升到創作的層次了。翻譯一且變成創

作的延續，也產生了另外一種藝術本體，非本文討論意旨。但作者自譯自改這種「衝動」，一定相當普遍。余光中外，我們還可找出葉維廉來做例子。前面說過，他譯余光中的詩，亦步亦趨，但手上作品若屬自己所有，就覺得不必做自己的奴隸了。試舉其〈賦格〉為例。

北風，我還能忍受這一年嗎
冷街上，牆上，煩憂搖窗而至
帶來邊域的故事，呵氣無常的大地
草木的耐性，山巖的沉默，投下了
胡馬的長嘶；

North wind, can I bear this one more year?
Street shivering along the walls
Romances in cold sorrows the frontiers
Remind me of these:
Patience of the mountains Erratic breath of outlands
Chronic neighing of Tartar horses...

〈賦格〉長達一百零一行，但作例子看，上面一節夠了。為了便於讀者看到葉維廉的刪減，我遵循所謂「語義翻譯」法則，把原

詩「直譯」出來。行內的斜體字，即為葉維廉漏譯的片段。

North wind, can I bear this one more year?

On the cold streets, along the walls, sorrow *drift in through the*

windows

With stories from the border-town;

The great earth heaving its erratic breaths

The patience of the woods and plants

The silence of the mountains, *throwing down the long*

neighing of the Tartar horses...

細對葉維廉的原作與他自己的翻譯，可說輪廓猶存，面目卻改變了不少。我們從第二行算起。Streets shivering along the walls 的大意是「街冷得沿着牆發抖」。不消說，葉維廉用的是擬人化，以圖增加戲劇效果。這點且不說，要命的是「煩憂搖窗而至」在譯文中消失了。

我們重申前意：如果葉維廉把翻譯認是創作的延續，我們無話可說，可是以翻譯論翻譯，我們不禁要問：為甚麼要刪掉這個句子？

除非葉維廉將來給我們一個答案，我們只得假設下去。我個人認為，就原文來說，「搖窗而至」是一個別開生面的句子，但譯

成英文，卻不好處理。歐文說得好：「中國詩的語言漫無邊際，英文不易掌握得住。運氣好時，我們也許找到幾個庶幾近矣的例子，但要翻譯與原文完全相等，實無可能。也許是一些中國人習以為常的話，用英文來說會使人覺得莫名其妙吧。」

「搖窗而至」中的「搖」字，其難捉摸處雖不及「風」和「骨」之玄妙，但也頗費思量。煩憂可以搖窗，擬人無疑。讀原文，怎麼「搖」不必解釋，但若要翻譯，得先鑒定字義的範圍：是 rock？是 roll？還是 shake？

我們再細對原文譯文，就不難發覺這幾乎是兩首不同的詩。「煩憂搖窗而至／帶來邊域的故事」一口氣讀完，於人的直覺是：煩憂搖撼窗門進來，給我們講邊城的故事。分開來唸的話：煩憂到臨，使人聯想到邊城的故事。

這究竟是哪一回事？除非譯文能像原文一樣包含了這兩種可能性，否則二者間總得作一選擇。由此看來，現有的 Romances in cold sorrows the frontiers / Remind me of these 只能算是完全獨立的英文詩句，不是翻譯。

葉維廉譯詩第三個顯明的遺漏是沒有把「胡馬的長嘶」前面的動態語「投下」翻譯出來。熟悉葉維廉「定向疊景」理論的讀者不以為怪。〈賦格〉四景渾然天成：

呵氣無常的大地，

草木的耐性，

山巖的沉默，

胡馬的長嘶。

此情此景，呈現眼前，再「投入」些甚麼未免畫蛇添足了。這個關鍵葉維廉創作時可能沒有看到。翻譯時大徹大悟，乃筆路一轉，添了 "Remind me of these:" 一句，把零碎的意象重疊起來。

五

我們先後看過歐陽楨、許芥昱、余光中和葉維廉的翻譯，現在可以綜合他們的經驗，作一個粗淺的結論。我們認為，若把翻譯看成一種有別於創作的活動的話，第一個應堅守的原則是忠於原作者的本意，不恣加增刪。歐陽楨和許芥昱在這方面都符合了這個前提。

余光中和葉維廉翻譯別人的作品時，大致也中規中矩。值得討論的是他們自譯的詩篇。他們作了些甚麼剪裁、改動的幅度有多大等細節我們已交代過了，不必在此舊話重提。我個人覺得需要注意的，是一個技術上的小問題。我覺得，像〈賦格〉一詩的

「英文版」與原文出入這麼大，不應再說 translated by the author 這亂人耳目的話。道理很簡單，因為這不是翻譯。初習翻譯的人一時不察，拿了葉維廉的「非翻譯」作翻譯範本來研究，就會誤入歧途了。

葉維廉身為作者，有權邊譯邊改自己的作品，這話我們也說過了。最不可饒恕的是今人譯古人詩，明知故犯，無中生有。我且舉個近例。李商隱詩蕩氣迴腸，固然是他的特色，但說話不留痕跡，更是他的特色，要不然他不必以〈無題〉傳衷曲了。「春蠶到死絲方盡，蠟炬成灰淚始乾」是家傳戶曉的名句，且看落在譯者手裏變成甚麼個樣子？

Just as the silkworm spins silk

Until it dies.

So the candle cannot dry its tears

Until the last drop is shed.

And so with me.

I will love you

To my last day.

(Ding & Raffel, 1986)

我們無法想像李商隱會說出這麼「摩登」的話:「我也一樣,愛你到海枯石爛。」

這種畫蛇添足的「譯」法,無疑是嫁禍古人。正因翻譯界有這種歪風存在,難怪能用第二種語言來表達自己的近代詩人都覺得,與其像李商隱一樣任人宰割,不如自己動手翻譯了。除余、葉兩位外,常常在這方面「自彈自唱」的近代中國詩人還有楊牧和張錯。本文因篇幅所限,沒有把他們自譯的作品收在討論的範圍,但我閱讀他們的譯作時,發覺到他們在某種程度上一樣有「不惜以今日之我改昨日之我」的習慣。這現象使我想到該拿自己的東西做例了。我不寫詩,不譯詩,但因寫了本文,使我有機會在翻譯問題上試作「現身說法」。

本文之構想與資料全由我的一篇題名 Unto Myself Reborn: Author as Translator 的英文稿衍生出來。所謂衍生,就是一種妥協。我原來的打算是把自己的文章自譯成中文的,但一開始就遇到無法克服的困難。Unto Myself Reborn: Author as Translator 這個題目是我想出來的。可是我就沒有辦法找到一個令我自己滿意的中譯。「再生為我」? 這是不倫不類的中文。「自充譯者的作家」? 一樣不倫不類。

題目不好譯,內文第一句也不好處理。Imagine Tu Fu (712–770) to be as gifted a polyglot as George Steiner,如果規規矩矩地譯

出來，不外是：「讓我們假設杜甫跟喬治・史泰納一樣有語言天賦，可以說寫多種文字。」

我自信這句譯文沒有甚麼錯失，但我自己看了不滿意。為甚麼不滿意？因為我相信如果我用中文寫作，絕對不會用這種句子開頭。我這種「自譯」的嘗試，使我深深地體驗到，一個可以用兩種語言寫作的人，就同樣一個問題發表意見時，內容可以完全相同，但表達的方式可能有很大的出入。

就我個人經驗而言，這種表達方式的差異，可有兩種解釋。一是文字本身約定俗成的規矩，正式英文所說的 convention。譬如說，Imagine Tu Fu to be 這種句法，可說是英文規矩的產品。要用中文表達這個意思，如不想用西化句法如「讓我們想像甚麼」的話，得在中文的規矩範圍內找。有時英文簡簡單單一句話，用中文說不但洋腔十足，而且囉嗦透了。同樣一個意思，當然可用中文來表達，但話不是這麼說的。

第二個原因更具體。任何人用某一種文字寫作，都會投入在那種文字的思想模式中。我既然決定了「現身說法」，應該繼續以自己的經驗為例。我的母語是中文，但我著手寫 Unto Myself Reborn 一稿時，腦海中出現的句子，全是英文的。這就是說，並非先想好了中文句子，然後再翻成英文。英文雖不是我的母語，但既接觸了多年，已成日常生活與思考的一種習慣。譬如說，在

Gerald Manley Hopkins的討論會上，只要與會人士都用英語，像inscape這類字眼將脫口而出，絕不會想到與翻譯有關的頭痛問題。

同樣，我們用中文論詩詞，風骨、神韻、境界這些觀念，自自然然成了我們思維的一部分。

最後，我不能不就Unto Myself Reborn: Author as Translator的翻譯問題交代一下。若獨立的看，「輪迴轉生：試論作者自譯之得失」也許沒有甚麼不對，但若說是翻譯過來的，就顯得不盡不實了。第一，輪迴轉生並不保險unto myself reborn。此生若有差錯，下輩子可能轉生為牛為馬。作者自譯作品，就是不願意別人把自己弄得面目全非。「試論作者自譯之得失」確包括了author as translator這個概念，但不是翻譯。「試論」和「得失」乃原文所無，但這是中文約定俗成的規矩。若說「輪迴轉生：作者自譯」就非驢非馬了。

連自擬的題目都無法翻譯，因此我只好打消原意，把Unto Myself Reborn的資料抽出來，重組改寫。這次經驗使我深切地了解到像納波可夫和貝克特這種大家，為甚麼拒絕「輪迴轉生」，而余光中和葉維廉等詩人，為甚麼在翻譯自己作品時，常不得不作出「削足就履」的措施。

沒有翻譯經驗的人不懂翻譯之苦，只有為「一詞之立」而受過

折磨的人才會特別欣賞行家卓越的成就。翻譯這工作值不值得做下去？且引1986年12月1日《新聞週刊》(*Newsweek*) 一篇報導作為本文的結束。根據該報導執筆人David Lehman的說法，《百年孤寂》(*One Hundred Years of Solitude*) 的作者馬奎斯 (Gabriel Garcia Marquez) 對拉伯薩英譯本之喜愛還要超過自己用西班牙文寫成的傑作。

　　這個報導，令人興奮，雖然我們知道這是可遇不可求的事。

英譯〈傾城之戀〉

一

　　1961年耶魯大學出版了夏志清教授第一本英文著作:《中國現代小說史》。他對張愛玲的小說有這樣的評價:「對於一個研究現代中國文學的人說來,張愛玲該是今日中國最優秀最重要的作家。僅以短篇小說而論,她的成就堪與英美現代女文豪如曼殊菲兒(Katherine Mansfield)、泡特(Katherine Anne Porter)、韋爾蒂(Eudora Welty)、麥克勒斯(Carson McCullers)之流相比,有些地方,她恐怕還要高明一籌。」

　　早在《小說史》出版前,夏志清在台灣大學任教的哥哥夏濟安教授已把論張愛玲這一章原稿譯成中文,在《文學雜誌》發表。這篇文章成了日後在台灣和大陸一波接一波「張愛玲熱」的立論基礎。夏志清耶魯大學英文系出身。他認為張愛玲小說的造詣不但可跟 the work of serious modern women writers in English 相提並論,在好些地方猶有過之。這個極具膽色的判斷,當然要言之有據。要是當年發表他論文的媒體是 *The New Yorker* 這類擁有大量知識分

子讀者而又流傳極廣的高檔刊物，說不定有人因夏志清的話觸動好奇心，要找張愛玲的作品看看。

夏志清的評語，只見於大學出版社的專書，巍巍殿堂，讀者有限。再說，當年即使有不懂中文的讀者要看張愛玲的小說，也沒有堪稱她代表作的樣本可以求證。她「終身成就」的作品〈金鎖記〉英譯本，要到1971年才出現。譯文是作者手筆，收在夏志清編譯的 *Twentieth-Century Chinese Stories*，哥倫比亞大學出版。

英語版的《秧歌》（*The Rice-Sprout Song*, 1955）和《赤地之戀》（*Naked Earth*, 1956），得不到英美讀者重視，可能與政治因素有關。照理說，夏志清推許為「中國從古以來最偉大的中篇小說」的〈金鎖記〉，理應受到英美行家賞識的。傳統中國小說人物描寫，一般而論，病在扁平。〈金鎖記〉的敘事模式雖然因襲舊小說，但道德層次的經營和角色性格的描繪，更明顯是受了西洋文學的影響。

可惜張愛玲離開母語，知音寥落。自上世紀七十年代起，我在美國教英譯現代中國文學，例必用張愛玲自己翻譯的〈金鎖記〉作教材。有關她作品在英語世界的 reception，可從我個人經驗知一二。我在《再讀張愛玲》的序文〈緣起〉寫了這段話：

> 美國孩子大都勇於發言，課堂討論，絕少冷場。他們對魯

迅、巴金、茅盾等人的作品都有意見，而且不論觀點如何，一般都說得頭頭是道。唯一的例外是張愛玲。班上同學，很少自動自發參加討論。若點名問到，他們多會說是搞不懂小說中複雜的人際關係，因此難以捉摸作家究竟要說甚麼。雖然他們自認「看不懂」故事，但到考試時，對七巧這個角色反應熱烈。

二

本科生的課，教材是英文，班上的用語，也是英文。張愛玲的小說，除非讀原文，否則難以體味她別具一格的文字魅力。通過翻譯聽張愛玲講曹七巧故事，只想到她惡形惡相的一面。難怪〈金鎖記〉在我班上沒有幾個熱心聽眾。十來二十歲的花旗後生小子，怎受得了這位「青面獠牙」的姜家媳婦？

讀文學作品，特別是詩詞，一定得讀原文。這是老生常談了。還應補充一點：與自己文化差異極大的文學作品，更非讀原文不可。Karen Kingsbury 如果不在哥倫比亞大學修讀博士，從張愛玲原作認識她的本來面目，不會變成為她的知音，更不會想到要翻譯她的作品。單以出版社的聲譽來說，Kingsbury 翻譯的〈傾

城之戀〉能由 *The New York Review Books* 出版發行，可說是張愛玲作品「出口」一盛事。《紐約書評》一年出二十期，發行量大，影響深遠，撰稿人多是學界、知識界一時之選。

英譯書名叫 *Love in a Fallen City*，不論原文或翻譯，這名字都是英文所說的user-friendly，不像〈金鎖記〉或譯名 The Golden Cangue那麼教人莫測高深。除〈傾城之戀〉外，集子還收了Kingsbury先後在《譯叢》和別的選集刊登過的四篇翻譯：〈沉香屑：第一爐香〉、〈茉莉香片〉、〈封鎖〉和〈紅玫瑰與白玫瑰〉。張愛玲自譯的〈金鎖記〉也在集內。

我曾在〈借來的生命〉一文解釋過前牛津大學講座教授霍克思（David Hawkes）為甚麼在盛年時決定提前退休。他要把全部精力和時間投入翻譯《石頭記》。在譯文 *The Story of the Stone* 的結尾他這麼說：If I can only convey to the reader even a fraction of the pleasure this Chinese novel has given me, I shall not have lived in vain.（如果能將這本小說給我的樂趣傳給讀者，即使是小小的一部分，此生也沒白活了。）霍克思也真「痴」得可以。Kingsbury女士在 *Love in a Fallen City* 的序言也說了類似的話。她只希望自己的譯文能給英語讀者重組譯者閱讀時所受到的「感觀刺激」（sensory experience），即使不能完全達到理想，亦於願已足。

三

百年前的西方「漢學家」(sinologist)，如非剛巧也是個傳教士，大多數只留在家裏捧着辭典學中文，絕少願意離鄉別井跑到中國讀書生活，跟老百姓打成一片學習「活的語言」的。口語一知半解，看「俗文學」時難免陰差陽錯，把「二八佳人」看成 a beauty of twenty eight years old。這種誤譯，連譽滿「譯」林的英國漢學家 Arthur Waley 也不例外。赤腳大仙的「赤」，他大概選了辭典的第一義：「紅」。因此原來逍遙自在的 barefoot immortal，在他演譯下變了 red foot immortal。

Karen Kingsbury 是新一代的學者，在中國大陸和台灣任教二十多年，中文流利，不會犯她前輩翻譯口語時的錯誤。張愛玲上海出生，從小就讀教會學校，英文修養非常到家。但英語始終不是她的母語。她的英文是 bookish English。自譯的〈金鎖記〉，敍事起落有緻，極見功夫，但人物的對白，也許因為語法太中規中矩，聽來反而覺得不自然。有關張愛玲自譯〈金鎖記〉之得失，我在〈張愛玲的中英互譯〉一文有詳細交代，這裏不重覆了。

Karen Kingsbury 的母語是英文。我們當然不會迷信母語是英文的人一定會寫英文，道理跟中文是母語的人不一定會寫中文一樣。但翻譯過來的文字是自己母語的話，譯者在處理對白時應比

non-native speaker 佔些便宜。「別客氣」的書本說法是 don't stand on ceremony。譯者如是 native speaker，今天絕不會遵循這個老皇曆的說法。他會設身處地，打量說話人和對話人的身分、考慮當時的場合和氣氛，在 you're welcome 和 don't mention it 之間作個選擇。要是雙方都是「活得輕鬆」的年青人，說不定會堆着笑臉說：you bet 或 you betcha。

張愛玲在〈傾城之戀〉用對白托出了范柳原這個角色，把他寫活了。這位愛吃女人豆腐、喜歡自我陶醉的洋場闊少，難得碰到一個教育程度不高、處於「弱者」地位的女人，可以讓他恣無忌憚地討便宜。怎樣把他的俏皮話、風涼話、或英文所說的 wisecrack 轉生為英文，對譯者來說是相當大的誘惑，也是個考驗。范柳原在淺水灣飯店初遇流蘇，就露了本色：

> 柳原笑道：「你知道麼？你的特長是低頭。」流蘇抬頭笑道：「甚麼？我不懂。」柳原道：「有人善於說話，有的人善於笑，有的人善於管家，你是善於低頭的。」流蘇道：「我甚麼都不會，我是頂無用的人。」柳原笑道：「無用的女人是最厲害的女人。」

我們聽聽這對亂世男女怎樣說英文：

Liuyuan laughed. "Did you realize? Your specialty is bowing the head."

Liusu raised her head, "What? I don't understand."

"Some people are good at talking, or at laughing, or at keeping house, but you're good at bowing your head."

"I'm no good at anything," said Liusu, "I'm utterly useless."

"It's the useless women who are the most formidable."

如果翻譯只求存意和傳意，Kingsbury已盡了本份。但偶有譯事高人如霍克思，存意傳意外還見文采。《石頭記》第一回見甄士隱解〈好了歌〉，其中一句：「**說甚麼脂正濃、粉正香、如何兩鬢又成霜。**」霍克思譯為：Would you of perfumed elegance recite? / Even as you speak, the raven locks turn white。文字是作了些剪裁，但不失原意，更可貴的是譯文把正濃的脂粉電光火石地轉變為成霜的兩鬢，文采斐然，真是難得。但這種翻譯，可遇不可求。

僅舉一例，不足以衡量Kingsbury譯文之高低。我整體的感覺是，她中文苦學得來，翻譯時自然一板一眼，不肯或不敢像霍克思那樣化解原文，在不扭曲原意中自出機杼。就拿「你的特長是低頭」來說。「特長」的確是specialty，但為了突出范柳原的輕佻和英譯口語的形態，我以為不妨改為you've a special talent for 或

an unusual gift for，這樣唸起來比較舒服。還有一個地方可以商榷。柳公子說流蘇的特長是「低頭」。我聽來的感覺是，流蘇的「低頭」是慢慢地垂下頭來。如果我設想的 image 確實如此，那麼英文亦可改為：you've a special talent for lowering your head。

除了對白，Kingsbury 譯文的敘事段落亦有可斟酌之處。〈傾城之戀〉結尾傳誦一時，我們就用來做例子吧。

> 香港的陷落成全了她。但是在這不可理喻的世界裏，誰知道甚麼是因，甚麼是果？誰知道呢？也許因為要成全她，一個大都市傾覆了。

> Hong Kong's defeat had brought Liusu victory. But in this unreasonable world, who can distinguish cause from effect? Who knows which is which? Did a great city fall so that she could be vindicated?

原文顯淺極了，但翻譯是另一回事。先説「成全」。譯者解釋為 victory，「勝利」。這是 over-translation。因為話説得太透明了。流蘇跟柳原相擁在床時，人還是模模糊糊的。她沒有處心積慮地跟范柳原作過「戰」。范柳原最後願意跟她登報結婚，對她也是個意外。因此這句話大可改為：the fall of Hong Kong had brought

Liusu a sense of fulfillment。跟「成全」一樣，fulfillment這個字也是滑溜溜的，留給讀者很多想像空間。引文中第二次出現的「成全」，Kingsbury譯為vindicated。這個字的原義是「雪冤」或正義得到伸張。譯為vindicated，無論如何是有點言重了。要是我來翻譯，會這麼說：Did a great city fall just to make things possible for her?

譯者把「香港的陷落」譯為Hong Kong's defeat，顯然沒有想到文章的格調要互相呼應。〈傾城之戀〉的英譯既然是 *Love in a Fallen City*，那麼「香港的陷落」就該是the fall of Hong Kong了。

翻譯不同自己文章，自己的創作，愛怎麼寫就怎麼寫，好壞文責自負。但翻譯作品多少是一件「公器」。Kingsbury在序言中向給她看過初稿的朋友一一致謝，可見她對譯事之慎重。我上面對她翻譯幾個「不足」的地方提出的意見，諒她會樂於接受。〈傾城之戀〉登在《紐約書評》的廣告上，有《臥虎藏龍》導演李安 (Ang Lee) 寫的贊助詞。把張愛玲小說的特色簡單地交代過後，李導演就說：She is the fallen angel of Chinese literature, and now, with these excellent new translations, English readers can discover why she is so revered by Chinese readers everywhere.

Fallen angel原義是「墮落天使」。李安要講的，當然不是這個意思。他想說的，大概是張愛玲一直遭受英語讀者冷落。當年在

我班上覺得〈金鎖記〉難以終篇的「小讀者」，今天有〈傾城之戀〉和〈紅玫瑰與白玫塊〉這種romances可看，一定樂透了。

張愛玲的英文家書

　　張愛玲為了生計，1961年底應宋淇之邀到香港寫劇本。張愛玲這時已是美國「過氣」作家賴雅 (Ferdinand Reyher, 1891–1967) 的眷屬。她不得不「拋頭露面」出來討生活，因為養家的擔子落在她身上。賴雅在二、三四十年代活躍美國文壇，一度曾為好萊塢寫劇本，週薪高達五百美元。張愛玲在1956年跟他結婚時，他的寫作生涯已走下坡，再難靠筆耕過活了。六十年代中賴雅中風癱瘓，頓使「小女子」的重擔百上加斤。

　　留港期間，張愛玲給賴雅寫了六封「家書」，早有中譯，但高全之拿原文來比對後，發覺失誤不少。這時張愛玲跟賴雅結婚已四年多，雙方的脾氣、興趣和生活習慣都摸得清楚。寫信時，只消露眉目，對方已看到真相，不必事事細表。

　　這六封信的英文顯淺如我手寫我口，要譯成中文亦舉手之勞。先前的譯文有「失誤」，是因為那些張愛玲認為不必向賴雅「細表」的關節，非經「考證」難知究竟。她在2月10日的信中向賴雅訴苦說：

自搭了那班從舊金山起飛的擠擁客機後，我一直腿腫腳脹（輕微的水腫病）。看來我要等到農曆前大減價時才能買得起一雙較寬大的鞋子。⋯⋯我現在受盡煎熬，每天工作從早上十時到凌晨一時。

信末有這麼一句：

Sweet thing, you don't tell me how things are with you but I know you're living in limbs like me.

高全之新書《張愛玲學》是《張愛玲學：批評・考證・鈎沉》（2003）的增訂版。在〈倦鳥思還——張愛玲寫給賴雅的六封信〉一文，他重譯了這六封信，並附上了原文。更難得的是，他把原件「晦隱」和沒有「細表」的段落一一加了注疏。

先說上面的英文引文。高全之譯為：「甜心，你不告訴我你的近況，但是我知道你和我一樣活得狼狽不堪。」高全之最見功夫的是在有關 living in limbs 注疏上的「鈎沉」工夫。他說譯為「狼狽不堪」是為了避免「軀體衰弱（形同枯槁）」的種種聯想。Living in limbs 亦有喪失生存意義的隱喻，因為卡繆（Albert Camus, 1913–1960）說過：To put it in a nutshell, why this eagerness to live in limbs that are destined to rot? 高全之譯為：「為何如此熱切在這終究會腐

朽的軀體裏活着？」

張愛玲在信中用了 living in limbs 這種字眼，就她當時的處境看，用高全之的話說，反映了她「灰頭土臉」的落魄心情。為了趕寫劇本，害得眼睛出血。美國出版商不早不晚，這時來了退稿通知。經濟大失預算，不得已接受「痛苦的安排」：向宋淇夫婦借錢過活。恐怕對她打擊最大的是她提前完成了新劇本時，「宋家認為我趕工粗糙，欺騙了他們」。這封2月20日發出的信這麼結尾：「暗夜裏在屋頂散步，不知你是否體會我的情況，我覺得全世界沒有人我可以求助。」

《傳奇》作家腿腫腳脹，卻要忍痛穿着不合大小的鞋子走路，苦命如斯，真的是 living in limbs。這六封英文寫的家書，讓我們看到張愛玲「不足為外人道」的一面。

依然故妳

　　1978年3月15日，張愛玲在台灣《中國時報》發表了〈對現代中文的一點小意見〉，文長五千餘字。這時她已在洛杉磯隱居五年多，雖無固定收入，單靠版稅稿費過活，但因不用再上班，心情看來算得上是愉快的，否則語氣不會如此輕鬆幽默。且抄她幾句話：「現在通稱額為『前額』，彷彿還有個『後額』，不知道長在哪裏。英文『額』字 forehead 拆字為 fore-head……，想必有人誤譯為『前額』，從此沿用，甚至有作家稱胸為『前胸』。」其實，按詞典的解釋，額就是「眉上髮下部分，俗稱腦門子」。

　　張愛玲也不贊成把「你」說成「妳」，因為排字房的工友多屬男性，有時想女人想瘋了，把眼前的「你」往往變性為「妳」。她倒沒信口開河，因為作品出全集時，有兩本自己校閱了一遍，把「妳」字一一還原為「你」。結果呢，夏志清教授有一次信上告訴她說，你還是「妳」。她只好嘆氣說：「依然故妳。」

　　據戴文采當年「臥底」所得，說她午後就打開電視，一直到凌晨時分才關掉，看來她的估計沒錯。身為女人，她認為男女同工同酬，天經地義，但有些地方是應該男女有別的。女人當警察？

看你身材如何吧。她有一次深夜在電視看到一個虎背熊腰、身長六尺開外、體重三百磅的女警，對節目主持人說有一次酒吧「打群架，她趕到現場，大家一看都嗤笑，還有人尊聲『警長』，跟她耍嘴皮子。被這胖子婆娘一屁股坐在他們身上，坐鎮兩方鬥士，差點都成了死士」。她認為女人家如果有這種本錢，就可以當警察。

張愛玲幽居多年，息交絕遊，但從她這篇文章看，她跟外邊的大千世界並不隔膜，對周圍的事情一樣好奇。除了熱衷看電視外，她還看兩三份報紙。她是個從小就跟筆墨結下不解緣的人，雖離塵俗，卻不棄文字。

身世悠悠

　　季季十年前從台北飛到上海找他合作寫書時，他已是七十四歲、退休十年的中學英文教員，一個人住在父親遺留下來的小房間，十四平方米，廚房與廁所

　　都需與同樓的十多戶人家共用，比他家闊綽時期的傭人房還不如。他父親的家底原本豐厚，1935年在上海的虹口還有八幢洋房出租，家裏有好些田產和古董還沒算在內。可是十多年後，這些產業都煙消雲散。

　　端的是「陋室空堂，當年笏滿床」。不過不是任誰的滄桑史我們都聽得下去的。在《中國時報》機構服務的季季，為甚麼千里迢迢地跑去上海訪問一個籍籍無名的退休中學教員呢？因為他是張愛玲的弟弟。他叫張子靜。在《我的姊姊張愛玲》出版前，他不過是上海公安局戶口管理處登記冊上一個小市民的名字。除了張愛玲親自編寫的《對照記——看老照相簿》外，張子靜的回憶錄應該是有關張愛玲身世、教育背景和家居生活最可靠的參考資料了。張愛玲的不幸的童年，可從她的散文得知一二。但她好像從沒說過自己「常常便秘，每次灌腸都是如臨大敵」。不是家裏人說

這種話，就難有公信力。

　　如果我們沒有「偷窺」的癖好，《我的姊姊張愛玲》的若干段落讀來頗有警世、喻世與醒世的「三言」味道。對我說來，〈結局：敗家與解放〉是全書最蒼涼的一章。張子靜說：「過去人們提起我們這一家，頭頂上的光環不是『李鴻章』就是『張佩綸』。名門後代，似乎好不輝煌！但是看看我們的結局，如果自己不努力，名門後代也枉然啊！」

　　張愛玲的父親是清末民初過渡人物，讀過洋書，但看來並不文明。如果一定要點出他有甚麼特長的話，那就是「所有敗家的本事他無一不缺」。鴉片抽得還嫌不過癮，最後升格打嗎啡，「雇用了一個男僕，專門替他裝煙和打嗎啡針」。他平生只做過兩次正式工作，都是掛名的閒差，而且時間不長。鎮日無事，不是抽鴉片、打嗎啡，就是吃喝嫖賭。揮霍無度、羅掘俱窮時主意竟打到兒子身上。有一次張子靜攜了公款住在家裏，父親說怕他遺失，要替他保管，兒子就交託給他。到他要上路時，問父親要，父親竟若無其事地說：「已經花掉了呀！」

　　這位父親名叫張志沂（廷眾）。若不是他碰巧也是張愛玲的父親，他叫張志沂也好、張沂志也好，都無所謂。這位五穀不分的世家子弟，真是個gourmet，美食專家啊，吃鹹鴨蛋只吃蛋黃，炒雞蛋要用鮮嫩的香椿芽，有時還要買外國進口的火腿、罐頭蘆

筍和鵝肝醬。這位張佩綸的後人於1953年辭世，他的兒子說：
「幸虧他走得早，沒有碰到反右運動和文革。」

另類張愛玲

張愛玲在上海「紅得發紫」那年代，狗仔隊尚未誕生，否則我
們臨水照花的閨女作家，跟胡蘭成相處的時候，時刻都有被「踢
爆」的可能。1952年她拿了香港大學給她的復學證明書離滬抵
港，靠翻譯美國文學作品為生。較為五十年代港人熟悉的作家，
不外是俊人、傑克、平可和「千面小生」高雄。香港人有過「傾城」
之痛，當然也熱熱烈烈地戀愛過，但有機會讀過張愛玲風靡上海
一時的〈傾城之戀〉的，想萬中無一。

這也好，可以讓她冷清清過自己想過的生活。那時候有緣
「識荊」的是宋淇先生夫婦。宋先生「到底是上海人」，書香世家，
移居香港前早就讀過她的小說，是她的「粉絲」。五十年代宋先生
在香港國際電懋影業公司工作，負責審查劇本。因工作的關係，
認識不少當時的「艷星」，其中最「艷」的那位是他在〈私語張愛玲〉
一文稱為「紅得發紫的天王鉅星」李麗華。她「到底」也是一個上
海人。

天王鉅星知道宋淇跟張愛玲相熟，央他介紹見一次面，因為
「她聽說愛玲性情孤僻，絕不見生客」，因此託他安排。好不容易

約定了時間在宋家見面。「那天下午，李麗華特地從九龍過海來我家，打扮得非常漂亮，說話也特別斯文，等了相當久，愛玲才施施然而來。她患深度近視，又不肯戴眼鏡，相信李麗華在她眼中只不過是一片華麗的光影。坐了沒多久愛玲託詞有事，連我們特備的茶點都沒吃就先行告退了。」

張愛玲在天王「艷」星面前，一點也不驚艷，為文人爭光，好嘢！好嘢！怪不得胡蘭成有此名言：「就是最豪華的人，在張愛玲面前也會感到威脅，看出自己的寒傖。」張愛玲雖然沒有跟李麗華久談，印象卻深刻。第二天跟宋淇夫婦見面時，說到李麗華在她心中「漸漸變成立體了。好像一朵花，簡直活色生香。以前只是圖畫中的美人兒，還沒有這麼有意思。」

後來宋先生跟李麗華弟弟聊天，告訴他這番話。李先生搖搖頭說張愛玲可以欺其方。「究竟是書呆子！」他對宋淇說：「她要是看見我姐姐早上剛起床時的清水面孔，就不會這麼說了。」能給我們這樣側寫張愛玲私人生活的人不多。她弟弟子靜和姑姑當然可以，但也只限於她在上海成長的階段。她在香港生活短短的兩三年，有資格說話的，大概也只有宋氏夫婦。到美國後，她跟夏志清教授往來的時間最長。這裏說「往來」，也僅限於書信。夏先生三十年來跟她坐下來談的機會，我想反而不及宋氏夫婦在一兩年內那麼多。夏志清跟張愛玲書信往來，積下一百五十多封。

夏先生最近來信說，這些信件已給南加州大學圖書館收買了。

　　這些信件，台灣《聯合文學》全部整理出單行本後，將會是張愛玲研究一大寶藏。除幫助我們瞭解「側面」的張愛玲外，還可以藉此解開她作品中一些真真假假的問題。受過西方文學批評訓練的人，都曉得在月旦作品時，不應把作家的生平跟小說家言混為一談。曹七巧也好、小艾也好，都不跟張愛玲拉上風馬牛的關係。

　　小說家言固不足信，那麼「自白」式的散文呢？張愛玲在《流言》中跟我們推心置腹，說了好些「私隱」，特別是她跟父母的關係。像曹七巧說的：「甚麼是真的？甚麼是假的？」在〈童年無忌〉(1944) 中，她大言不慚的說過，「一學會了『拜金主義』這名詞，我就堅持我是拜金主義者」。類似的話，一再在她的散文中出現。在〈我看蘇青〉(1944) 中，她說她姑姑常常覺得奇怪，不知她從那裏來的「一身俗骨」。原因是，對於錢，她「比一般文人要爽直得多」，毫不諱言自己是拜金的人。

　　如果我們深信「散文家言」不疑，那麼現實生活中的張愛玲，該一毛不拔、視財如命、損人利己的了。從目前看到的她給其他人的有限信件中，祖師奶奶似乎不是這種人。在她致《聯合報》副刊編輯蘇偉貞的一封信中，我們看到一個「另類」張愛玲。事緣副刊刊登了電影劇本《哀樂中年》後，蘇偉貞寄了給她看，要付她稿

費，她才想起這片子是桑弧編導，「我雖然參預寫作過程，不過是顧問，拿了些劇本費，不具名。事隔多年完全忘了，以致有過誤會。稿費謹辭，如已發下也當璧還。希望這封信能在貴刊發表，好讓我向讀者道歉」。

「如已發下也當璧還」，這種語氣，當真顯出非分之財一芥不取的氣概。張愛玲晚年在美國，連「散工」也沒得幹了，只靠稿費和版稅收入維持，照理說，如果她一向「視財如命」，在這階段中更應斤斤計較。但從台灣皇冠出版社的發行人平鑫濤的回憶文字看來，她對錢財的態度，還是瀟灑得很。平鑫濤說撇開寫作，她「生活非常單純，她要求保有自我的生活，選擇了孤獨，不以為苦。對於聲名，金錢，她也不看重。……對於版稅，她也不大計較，我曾有意將她的作品改拍為電視劇，跟她談到版稅，她回說：『版權你還要跟我說嗎？你自己決定吧。』」

在〈童言無忌〉中有一段自白，對上面說到的有關張愛玲記事的真真假假問題，極有參考作用。張愛玲十二歲時，有天晚上，在月色下跟一個比她大幾歲的同學散步。那位同學跟她說：「我是同你很好的，可是不知道你怎樣。」因為在月色底下，因為她是個天生寫小說的人，所以她「鄭重」地低聲說道：「我是……除了我的母親，就只有你了。」

張愛玲補充說：「她當時很感動，連我也被自己感動了。」如

果張愛玲的作品都在月色下完成，那我們面對她在小說和散文中的真真假假，也不知如何應付。但書信是另一種書寫，因人證物證俱在，應該不會給我們真真假假的困擾。她給夏志清百多封信件，出版後應是張愛玲研究一件大事。

傳奇的誘惑

　　白先勇小說〈冬夜〉(1970)，兩位老教授在台北夜雨話當年。在台灣「堅守教育崗位」的余嶔磊告訴「旅美學人」吳柱國說，他那門「浪漫文學」的課，只剩下女生選修。有一次考試的題目是試論拜倫的浪漫精神。看來她們真是「正中下懷」。其中一位二話不說就把詩人的情婦名字一一列上。他的「半個妹妹」Augusta Leigh 也上了榜。

　　在這位同學眼中，拜倫 (1788–1824) 只是個 legend，一個傳奇人物。說來這位三十六歲就辭世的英國浪漫詩人，一生傳奇着實不少。他長得俊俏，英國上流社會名門淑女對他如醉如痴。拜倫跟 Augusta 的不倫之戀受到衛道之士攻擊，只好在 1816 年自我流放到意大利。他在水鄉威尼斯艷史頻傳。據他自己估計，客居意大利期間，跟他發生過關係的女子少說也有二百多人。但這一段日子也是他創作最旺盛的時期。傳世之作 *Don Juan* 就是在這時期動筆的。拜倫的傳奇事跡，不絕如縷。除女人外，亦好男色。

　　三十歲過後，拜倫對「軟玉溫香」的靡爛生活感到厭倦。1823 年他決定以行動捍衛自由，組織了「義勇軍」，協助希臘抵抗

土耳其，爭取獨立。他出錢出力，訓練新兵之餘，又要平衡陣營內各黨派利益，忙壞了身子，終於一病不起。這是傳奇詩人生命裏一個奇中奇。希臘人今天仍以「民族英雄」來看待他。

拜倫在英國文學史的崇高地位，可不是靠女人脂粉和硝煙彈雨建起來的。早在十八世紀的五十年代，法國文史家 Hippolyte Taine 在其《英國文學史》中就以一整章的篇幅，推許他為浪漫派詩人中「最偉大和最英國的一位」(the greatest and most English)。Taine 不是聽說了他的「艷史」才下這個結論的。有關一個作家的「傳說」和作品原是兩回事。如果作品無足觀，生活不管多「傳奇」，也難成氣候，因為賴以傳世的是作品。近代英美作家的私生活，也像八卦新聞一樣傳誦一時的是海明威。但讀者對他私生活有興趣，因為他是《戰地鐘聲》和《老人與海》的作者，一個夠份量的作家。

傳奇是花邊新聞，更可能是引導一個本打算「隨意翻翻」的讀者深入研究一個作家的誘因。晚年的張愛玲深居簡出像不食人間煙火，因此招來一位好事者搬進她的公寓住在她隔壁，竊聽她起居的一舉一動之餘，早上還從她倒出來的垃圾去了解她的飲食習慣。好事者的「窺隱」報告發表後，牽動了不少讀者的好奇心，其中有些說不定已成了張愛玲的忠實讀者。我相信白先勇筆下那位迷上拜倫的女同學，除了熟悉詩人的羅曼史外，也會讀過他的詩

篇。如果拜倫一生不是這麼風風雨雨，也許她就不會這麼熱心了。張愛玲的行止，對不少人說來是個mystique，因此把她的傳奇跟作品對照看，或可得互相發明之效。以軟傳奇誘讀硬文本，亦是出奇制勝之道。我相信〈冬夜〉中那位余教授開講拜倫的課時，一定也會以他的羅曼史作開場白。

文字還能感人的時代

2000年秋，嶺南大學中文系主辦了一個張愛玲研討會。第一天晚飯聚會時，有公關部同事向我傳話，説有客人問為甚麼貴賓席的名單上找不到張愛玲的名字。言下之意就是為甚麼不邀請張愛玲來吃飯。

此事非我杜撰。因為實有其事，所以聽來特別恐怖。這位錯認古人作今人的朋友，想是小小年紀，中國現代文學史上，他有沒有聽過像魯迅、巴金和老舍這些名字呢？如果他在大學時沒有被迫選過這門課，這就難説了。所謂代溝，指的不單是年齡的差異。生活經驗的隔膜和精神世界的距離，才是最不好填補的鴻溝。

要填補，總有一代人要改造自己。看來在今天的世界，肯犧牲奉獻討好對方的，只有長者。因此老爸得知兒子冷落他的原因是自己趣味老土，就立志改過自身。兒子愛聽rap music，他也學模學樣一天Hey man！Cool man cool！叫個不停，希望拉近距離。老爸那一代人，是老土，兒子也説得對，所謂流行曲，不是「擔番口大雪茄，充生晒認經理」，就是「點解我鍾意你，因為你係靚」。

因為老爸在舊社會長大，在文字還能感人的時代受教育，所以在兒子看來事事老土。那個時代，閣下在女朋友家中繾綣，夜深，你不停看腕表，她幽幽地説「城上已三更，馬滑霜濃」，你聞弦歌，已知她要你「不如休去」。

那時代，文學不是「話語」。你讀巴金的《家》，看到鳴鳳投湖自盡那一節，頓覺天愁地慘。因為，那時代，文學作品真的能感人。那時代，「臣本布衣」的身分，頂天立地，任你天子召喚，依舊「長安客棧酒家眠」。老子「斗酒詩百篇」，我有我的天下，去你的！

文學成了discourse的今天，古人今人早已面目模糊。下次有人問你為甚麼不請魯迅來吃飯，你大可以説：「算了，那傢伙橫眉冷語，同桌吃飯會倒胃口。一定要找人作陪，不妨考慮崔鶯鶯。」

民國女子

　　也許因為我跟張愛玲有一面之緣（此生因此沒有白活），選修我中國現代小說課的同學，間或「八卦」性起，閒談時會出其不意地問我：張愛玲長得好不好看？發問的倒不一定是男同學。其實應該說對祖師奶奶長相感到興趣的，女生比男生多。中國現代文學除了張小姐外，還有別的女作家，但歷來我班上的後生從沒有一個對冰心或丁玲的容顏有半絲兒興趣。

　　張愛玲不同。她的作品和身世盡是傳奇。同學的問題，我難以作答，說一言難盡，聽來有點滑頭，但實情如此。怎麼說呢？我是在上世紀六十年代中幸會張愛玲的，那時她已年過四十，一面風霜，因為在精神上和經濟上需要照顧因中風而不良於行的美國丈夫。如果我早生些年，在1949年前的上海得見她一面，說不定我對同學就有交代。那年頭的祖師奶奶，真有glamour。當然，這感覺是從她自己的文字、別人的記載和她在攝影機前留下的「倩影」湊合起來的。

　　其實同學要知張愛玲長相如何，大可打開《對照記 —— 看老照相簿》看個飽。但後生認為相片中的人像，只是人像，一個人

的氣質如何，不能用圖片襯托出來。說着說着，難免扯到胡蘭成筆下的「民國女子」。「照花前後鏡」、「臨水照花人」，這種才子佳人的腔調，聽來跟「驚才絕艷」套語一樣空虛。胡某應是張小姐一生曾經最親近的男子。他飽讀詩書，亦應是最有修養欣賞身邊女人韻味的人。奈何此人棄家叛國，心術不正，言何足信？「我與愛玲亦只是男女相悅」，他說：「子夜歌裏稱『歡』，實在比稱愛人好。兩人坐在房裏說話，她會只顧孜孜地看我，不勝之喜，說道：『你怎這樣聰明，上海話是敲敲頭頂，腳底板亦會響』。……『你的人是真的麼？你和我這樣在一起是真的麼？』」

　　如果記憶沒錯，張小姐小說的女角，都不撒嬌。范柳原愛在嘴巴上討流蘇的便宜，流蘇口齒不靈，答不上話時本可撒嬌，但這位上海姑娘只曉得低頭傻笑，怪不得輕薄男人說：「你知道麼？你的特長是低頭。」列位看官若把胡某引張愛玲的話再唸一遍，會不會覺得語氣像撒嬌？如果張愛玲小說的角色從不撒嬌，她怎好意思自己撒起嬌來？胡蘭成自己「臭美」，真不要臉，幸好他沒有下作到添鹽添醋，胡亂憑空加插「愛玲緊緊地摟着我，嬌滴滴地說」這種肉麻話。因此要識張小姐氣質神韻，寧看她的老相片，決不可輕信附逆文人「臭美」之言。

　　蘇二小姐抿一口清茶綰一綰秀髮領我們到蘇老先生的書房看

那批東西。……蘇二小姐靜靜靠着書架蹙眉凝望窗外幾棵老樹，墨綠的光影下那雙鳳眼更添了幾分古典的媚韻。

以上是董橋《故事》一段。小董當年若有緣認識張愛玲……唉，難説，他可能不是「張迷」，不過清冷的「董橋體」文字最適合為這位民國女子造像，這話錯不了的。

私語親疏有別

張愛玲平生惜墨如金，不輕易跟別人書信往來。她一生通信最繁密的是宋淇（Stephen）和鄺文美（Mae）夫婦。其次是夏志清先生。最近宋家公子以朗把愛玲和他父母往還近六百多封的信件整理出來，合成其他資料，以《張愛玲私語錄》為題出版。

張愛玲1952年從上海到香港時，前路茫茫，寄居於女青年會，靠翻譯為生。宋氏夫婦對她的照顧可說無微不至。後來愛玲從女青年會搬到宋家附近的一間「斗室」，房子異常簡陋，連書桌也沒有，害得她只好彎着腰在床側的小几上寫稿。宋氏夫婦有空就去看她。Stephen事忙時Mae就獨自去。兩人很投緣，碰在一起總有談不完的話。事隔四十年，愛玲還在一封信跟宋太太說：

> 我至今仍事無大小，一發生就在腦子裏不嫌囉嗦——對你訴說，暌別幾十年還是這樣，很難使人相信，那是因為我跟人接觸少，（just enough to know how different you are〔可知你如何與眾不同〕。）在我，你已經是我生平唯一的一個confidante〔知己〕了。（註：英文引文的中譯是宋以朗手筆。）

Confidant 不是普通的「知己」，其地位有如聽天主教徒告解的神父，聽來的秘密，一生不能外洩。

由此看來，以瞭解張愛玲私隱世界的角度看，張愛玲給 Mae 的信和對她吐露的心聲，要比她給夏志清的信更有「發隱」的價值。有一次愛玲給 Mae 寫信，說到他們夫婦真是天造地設的一對，「他稍微有點鋒芒太露，你卻那麼敦厚溫婉」。聽語氣，夫婦二人在她眼中還是「親疏有別」的。大家都是女人，説話比較容易。愛玲跟 Mae 較親近，是很自然的事。

《私語》中的「語錄」多是三言兩語。「人生不必問『為甚麼』！活着不一定有目標。」「『人性』是最有趣的書，一生一世看不完」。這類對人生觀察的「雋語」，內容自身飽和。文字淺白，沒有甚麼草蛇灰線，一目了然，用不着註釋。但語錄中也有非但要註，還得要「疏」的例子。

> 聽見我因寫「不由衷」的信而 conscience-stricken〔於心有愧〕——人總是這樣半真半假——揀人家聽得進的説。你怕她看了信因你病而擔憂，可是我相信她收到你的信一定很高興，因為寫得那麼好，而且你好像當她是 confidante〔閨中密友〕——，這樣一想，「只要使人快樂就好了。」例如我寫給胡適的信時故意説《海上花》和《醒世姻緣》也是有用意的。

依我猜想，這條語錄需要註釋而沒有註釋，因為說不定宋以朗也弄不清其中的人際關係。「我」是張愛玲、「你」是Mae，那麼「她」是誰？但雖然沒有context，以上引文仍有珍貴的參考價值。**「人總是這樣半真半假 —— 揀人家聽得進的說。」**《秧歌》出版後，作者寄了一本給身在美國的胡適先生，胡適大為欣賞，不斷向朋輩推薦。張愛玲給適之先生寫信時「故意」提到《海上花》和《醒世姻緣》，因為知道他聽得下去。

五十年代宋淇先生替國際電影懋業公司編審劇本，張愛玲曾給他寫過幾個劇本，其中《情場如戰場》打破國語片賣座紀錄。1962年1月張愛玲自美抵港，應宋先生之邀替電懋編劇。從她2月20日給丈夫賴雅 (Ferdinand Reyher) 的信中，可知她留港賺錢養家的打算遇到不少波折。且引高全之在《張愛玲學》的譯文：

> 我提前完成了新的劇本⋯⋯宋家認為我趕工粗糙，欺騙他們，每天有生氣的反應。宋淇說我行前會領到新劇本的稿酬，意味他們不會支付另外兩個劇本，《紅樓夢》上下兩集⋯⋯我在此地受苦，主因在於他們持續數月的遲疑不決⋯⋯宋淇標準中國人，完全避開這話題，反要我另寫個古裝電影劇本⋯⋯我全力爭取的一年生活保障，三個月的勞役，就此泡湯。我還欠他們幾百元生活與醫藥費用，還沒與他們結

算，原計劃用《紅樓夢》劇本稿酬支付⋯⋯元宵節前夕，紅紅滿月，我走到屋頂思索。他們不再是我的朋友了⋯⋯

高全之落了五條註，可惜無助我們對「**宋家認為我趕工粗糙，欺騙他們**」這句重話的了解。這句話需要「註疏」，但想來宋以朗也幫不上忙，因為1962年他才十三歲。張愛玲給賴雅的信這樣作結：

暗夜裏在屋頂散步，不知你是否體會我的情況，我覺得全世界沒有人我可以求助。

愛玲「原罪」説

　　張愛玲以小説和散文知名。有一段時期為了生活，也做過翻譯和編寫電影劇本的工作。就我們所知，〈中國的日夜〉(1947)應該是張愛玲生平唯一發表過的詩作。如果作者不是張愛玲，這樣的一篇新詩實在沒有甚麼看頭：

> 我的路
>
> 走在我自己的國土。
>
> 亂紛紛都是自己人；
>
> 補了又補，連了又連的，
>
> 補釘的彩雲的人民。
>
> 我的人民，
>
> 我的青春，
>
> 我真高興曬着太陽去買回來
>
> 沉重累贅的一日三餐。
>
> 譙樓初鼓定天下；
>
> 安民心，嘈嘈的煩冤的人聲下沉。

沉到底。……

中國，到底。

這首詩其實是散文〈中國的日夜〉的結尾。文章開頭說「去年秋冬之交我天天去買菜。有兩趟買菜回來竟做出一首詩，使我自己非常詫異而且快樂」。在市場內她看到上海小市民的眾生相。她看到一個抱在媽媽手裏的小孩，穿着桃紅假嗶嘰的棉袍，「那珍貴的顏色在一冬日積月累的黑膩污穢裏真是雙手捧出來的、看了叫人心痛、穿髒了也還是污泥裏的蓮花。……快樂的時候，無線電的聲音，街上的顏色，彷彿我也都有份；即使憂愁沉澱下去也是中國的泥沙。總之，到底是中國。」

熟悉張愛玲作品的讀者看了上面引文，一定也會覺得「詫異」。這太不尋常了，這位在胡蘭成眼中「從來不悲天憫人，不同情誰，……非常自私，臨事心狠手辣」的作家，怎麼寫出漾着「民胞物與」、跡近「愛國宣言」的表態文章來？胡蘭成敗德，他的話我們很難不以人廢言。不過，張愛玲「清堅決絕」、不近人情的性格，倒是有案可考。最少她自己就說過：「我向來很少有正義感。我不願看見甚麼，就有本事看不見。」（〈打人〉）她在美國因職務關係多次搬遷。有一次要從柏克萊移居洛杉磯，房子是我老同學莊信正幫她找的，一進公寓的大門，她就一本正經的對女管

理員說：「我不會說英文。」信正夫婦幫她把細軟安頓好後，「臨別時，她很含蓄地向他們表示，儘管她也搬到洛杉磯來了，但最好還是把她當成是住在老鼠洞裏，她的言外之意就是『謝絕往來』。」

以張小姐這種脾氣，很難想像她會寫出〈中國的日夜〉這樣的文章。身居敵偽時期的上海固然是不能寫。1947年國土重光，如果不是發生了一些特別事故，「我真快樂我是走在中國的太陽底下」——這種話聽來實在有點做作。〈中國的日夜〉因此得跟〈有幾句話同讀者說〉參照來看。這篇用作《傳奇》增訂本（1946）序言的短文開頭就說：

> 我自己從來沒想到需要辯白，但最近一年來常常被人議論到，似乎被列為文化漢奸之一，自己也弄得莫名其妙。我所寫的文章從來沒有涉及政治，也沒有拿過甚麼津貼。想想我唯一的嫌疑要末就是所謂「大東亞文學者大會」第三屆曾經叫我參加，報上登出的名單內有我；雖然我寫了辭函去，（那封信我還記得，因為很短，僅只是：「承聘為第三屆大東亞文學者大會代表，謹辭。張愛玲謹上。」）報上仍舊沒有把名字去掉。

序文還說到她受到許多無稽的謾罵，有些甚至涉及她的私生

活。她說私生活就是私生活，牽涉不到她是否有漢奸嫌疑的問題。除了對自己的家長，她覺得沒有向別人解釋的義務。話雖然可以這麼說，不能否認的是，在「孤島」時期的上海，胡蘭成有一段日子是張愛玲「私生活」密不可分的一部分。對張愛玲來說，國家民族只是一個抽象的觀念。難怪她回憶日本攻打香港時可以這麼說：「然而香港之戰予我的印象幾乎完全限於一些不相干的事」（〈燼餘錄〉）。漫天烽火中，她跟炎櫻「只顧忙着在一瞥即逝的店鋪的櫥窗裏找尋我們自己的影子——我們只看見自己的臉，蒼白、渺小：我們的自私與空虛，我們恬不知恥的愚蠢——誰都像我們一樣，然而我們每人都是孤獨的。」

　　如果她不曾「附逆」，張愛玲的脾氣再怪，諒也不會被劉心皇這種「政治正確」的史家貶為「落水」文人。劉心皇認為張愛玲雖然在文字上沒有為汪偽政權宣傳，「但從政治立場看，不能說沒有問題。國家多難，是非要明，忠奸要分」（〈抗戰時代落水作家述論〉，1974）。張小姐雖說沒拿過甚麼津貼，在文字上也沒有顛倒黑白、為虎作倀的紀錄，改變不了的是：她一度是胡蘭成的老婆。在民族主義原教旨主義者的信念中，這就是「原罪」。要救贖，就得認罪、悔改。張小姐不吃這一套，也因此斷斷續續的承受着「原罪」的後遺症。過去十多年，台灣和香港分別召開了兩個大型的張愛玲研討會。事隔沒多少年，陳子善教授等一批張愛玲

「粉絲」學者也策劃在大陸召開一個國際會議，名單、場地、日期等細節都安排好了，忽然「有關方面」出了煞車指示，理由想與張小姐的「原罪」有關。

高全之在《張愛玲學》有言，抗戰勝利以後出版的《傳奇》增訂本序言〈有幾句話同讀者說〉，應該可以撇清漢奸疑。「〈中國的日夜〉發表於《傳奇》增訂本，了解這篇散文出現的客觀情勢，我們或能體會作者藉此強調自己的中國性，為抗戰勝利興奮與驕傲，也為抗戰期間不能公然表態抗日而懊惱。」

這些話原教旨主義者顯然聽不進去。何滿子生前曾對張興渠說過，張愛玲雖有文才，「但她卻失去了做人的底線。在那國難當頭，有志之士奔走抗日救國之時，她卻投入汪偽政權一個大漢奸，宣傳副部長胡蘭成的懷抱，卿卿我我，置民族大義於不顧。日本投降後，汪偽解體，在聲討漢奸罪行的聲浪中，她不但不知悔改，在漢奸胡蘭成逃往溫州時，張愛玲亦痴情趕往溫州，終因胡某另有新歡而被棄。如此的張愛玲，在人格、氣節都成問題，又怎能如此得到吹捧，豈不咄咄怪事？」(張興渠，〈憶何滿子先生〉，《萬象》六月號)

抗戰勝利後國民黨通緝胡蘭成，因為他是漢奸。如果他落網，命運會不會像陳公博一樣判死刑？或周作人那樣判十年徒刑？這些都不能瞎猜。可以肯定的是，上世紀七十年代「流放」日

本的胡蘭成時來運轉。國民黨為了拉攏「國際友人」的支持，居然在陽明山的中國文化學院（今中國文化大學）設了講座，恭請漢奸到台灣講學。由此可知「忠」、「奸」之辨，很多時候都是由誰掌握「話語權」來決定。張愛玲1955年赴美，後來嫁了美國人賴雅（Ferdinand Reyher）。以當時的國際形勢來評說，台灣的「國府」應說她在「友邦」找到夫婿。但那年頭，美國卻是大陸政權的「美帝」、「紙老虎」。

南方朔說得好，「在歷史上，張愛玲選擇的是偏離了主流的岔道。她不會被同時代的多數人所喜歡，但歷史卻也有它開玩笑似的殘酷，當它的發展跳過了某個階段，依附於那個時代的迷思也就會解體，一切事物將被拉到同一平面來看待，誰更永久，誰只是風潮，也將漸漸分曉。……許多人是時間愈久，愈被遺忘，張愛玲則是愈來愈被記得。」（〈從張愛玲談到漢奸論〉）

幾十年來，張愛玲的創作和私生活，「愈來愈被記得」。抗戰期間「落水」的作家不單只張愛玲一人，但只有她一人教人念念不忘。她人不可愛，但作品確有魅力。不是盛名之累，不會有人一天到晚給她翻舊賬。

該拿張愛玲怎麼辦？

在《印刻》讀了蔡登山〈從一篇佚文看姜貴與蘇青的一段情〉後，才知道〈我與蘇青〉一文的作者「謝九原」是姜貴的化名。〈我與蘇青〉(1957)原在香港《上海日報》以「奇文共賞」的標目連載。如果我們不知「謝九原」的底蘊，很容易把此文看作上海「八卦」。但事實正如蔡先生所說，〈我與蘇青〉是一篇「不可多得的文獻，不應等閒視之。」蘇青在汪政權時期的上海跟張愛玲時有往還。只要把這兩個當年紅極一時的女作家身世比對一下，就可看出〈我與蘇青〉一文的歷史價值。

姜貴(1908–1980)的長篇小說《旋風》1952年脫稿，先後得到胡適和高陽的讚賞。夏志清在《中國現代小說史》給予這樣的評價：姜貴「**正視現實的醜惡面和悲慘面，兼顧諷刺和同情而不落入溫情主義的俗套，可說是晚清、五四、三十年代小說傳統的集大成者**」。

姜貴行伍出身，是湯恩伯(1898–1954)將軍部下的一名上校，大陸撤退時隨國民政府遷台，經商失敗後賣文為活。我在上世紀七十年代初跟台灣遠景出版社的沈登恩一道到台南去看他。

沈先生事先告訴我，姜貴的生活相當清苦，吃也吃不好。我們決定要好好地招呼老先生吃一頓。事隔多年，當天吃了些甚麼，不復記憶，只記得老先生善飲，啤酒一杯接一杯地喝着，可是話不多，滿懷心事似的。看來作家的作品即使「負時譽」，如無經濟基礎，還要為衣食憂的話，一點也不「風光」。

〈我與蘇青〉是這麼開頭的：

> 民國三十四年九月間，我帶着整整八年的大後方的泥土氣，到了上海。我在虹口一座大樓裏擔任一個片刻不能離開的內勤工作。我的「部下」有六個打字員，恰好三男三女。

姜貴當時的身分，想是國民政府的一位「接收大員」。有一次上校跟他的「部下」閒聊，談到淪陷期間上海的文藝出版物，問有甚麼作品值得看的。一位女打字員推薦了蘇青的《結婚十年》，認為人生在世，不讀此書，「真是天大的冤枉」。姜貴看後，印象深刻，覺得她「**文筆犀利，而精於組織，把夫婦間許多瑣事，寫得那般生動，引人入勝，真是不容易**」。另一方面，他不時在小報上看到對她的攻擊，一說她「有狐臭」，一說她「纏過腳」。

張愛玲在〈我看蘇青〉（1945）一文，談自己的篇幅遠比蘇青的多。但有些話出人意表：

如果必須把女人作者特別分作一檔來評價的話，那麼，把我同冰心、白薇她們來比較，我實在不能引以為榮，只有和蘇青相提並論我是甘心情願的。……許多人，對於文藝本來不感到興趣的，也要買一本《結婚十年》看看裏面可有大段的性生活描寫。我想他們多少有一點失望，但仍然也可以找到一些笑罵的資料。

如果蘇青不是跟陳公博等「問題人物」混上，她「狐臭」和「纏足」的私隱不一定夠得上成為八卦新聞。依〈我與蘇青〉所記，陳公博槍斃暴屍的照片在報上刊出來後，蘇青看到嚇破了膽。這時她跟姜貴已經同居了一段日子。她告訴姜貴，陳公博前後親筆給她寫了三十多封信，她都珍藏在銀行保險櫃裏。現在這些「證物」當然得燒毀。陳公博掌權期間，她曾是「上海市府的專員」。**「陳公博送給她的是一本復興銀行的支票簿，每張都已簽字蓋章，只等她填上數字，便可以支現。」**

讀姜貴的〈我與蘇青〉，自然聯想到張愛玲與胡蘭成的關係。姜貴看了《結婚十年》後，雖然知道作者受到小報的攻擊，出於「憐才」之念，最後還是寫信安慰她，告訴她李清照生前死後，也曾受過不少的詆毀。姜貴在這階段顯然不知道蘇青與陳公博的內情。如果知道，這位代表青天白日滿地紅的國民黨軍官跟「附奸」

女子的往來會不會發展到同居關係？我們還是就事論事好了。一天晚上，姜貴和蘇青暫住的寓所來了一個日本人，是他們的鄰居。他抱着留聲機和許多唱片來訪：

> 他正襟危坐，老僧入定般一張一張唱給我們聽。那局面也頗奇特。蘇青注視那日本人，她恐怕我不喜歡他，便說：「不管他們從前怎樣，現在他們失敗，他們內心痛苦，我們應當同情他們。」這句話，使我很受感動。可能因為她是有這般的偉大精神和豐富的情感，所以她才能寫文章，她的文章才能動人。

抗戰勝利，日本投降，蔣介石宣佈對日本人「以德報怨」。大概因為陳公博不是日本人，所以血濺法場。周作人在敵偽時期的北京任過職，可能因為官位不像陳公博那麼「顯赫」，免了一死，判刑十年。雖然蘇青的名氣在敵偽時期的上海跟張愛玲平起平坐，今天大概只有「學者」才看《結婚十年》了。〈金鎖記〉和〈傾城之戀〉的名氣卻不斷冒升。張氏的身世和著作近年已成「顯學」。如果不是盛名之累，她跟胡蘭成相處那段日子不會一再被抖出來算賬。何滿子不原諒她在國難當頭時投入大漢奸的懷抱，「卿卿我我，置民族大義於不顧」。張愛玲遇人不淑，如果guilty by association的罪名可以成立，她絕無可能拿着到香港大學「復學」

的證件離開上海到香港來。這樣說，張愛玲既沒「狐臭」，也沒纏過腳。

南方朔在〈從張愛玲談到漢奸論〉 說，「**而一講到『忠』、『奸』，只要是中國人，就難免多多少少會有點手足無措的尷尬。……戰爭的野蠻會讓一切不合理都被歌頌，抗日時的殺漢奸、後來的懲治漢奸，以及到了後來在文化上的刨除漢奸，這不是中國多漢奸，而是人們用漢奸的標準，塑造出大量漢奸。**」蘇青有一次問張愛玲將來會不會有一個理想國家出現。張愛玲回答說：「我想是有的。可是最快也要許多年。即使我們看得見的話，也享受不到了，是下一代的世界了。」

張愛玲的甜言蜜語

　　以小說 *Middlemarch* 傳世的喬治艾特略（George Eliot, 1819–1880）原來是女兒身。這位本名 Mary Ann Evans 的閨女，出身於規矩嚴明的循道會（Methodist）家庭，但二十歲後對宗教熱忱日減，改以科學的眼光和客觀的態度看待人生問題。初現文壇時寫的是書評和政論，對婦女問題尤其關心。但她不是「婦運分子」。她的見解是開明的、包容的。她在一篇書評說過這麼一句識見過人的話：「男人如果不鼓勵女子發揮自助精神和獨立自足的能量，是一大損失」。

　　維多利亞時代社會對女人的偏見，可從當時流行的一個「偽科學」說法看出來：Average Weight of Man's Brain 3½ lbs; Woman's 2 lbs, 11 oz（一般男人的腦袋瓜重三磅半；女的重兩磅十一安士）。「婦道人家」Mary Ann 寫的既然不是閨秀小說，化名「喬治」顯然是為了增加份量。

　　胡蘭成在〈民國女子〉記述跟張愛玲在閨房相處時，這麼說：**「兩人坐在房裏說話，她會只顧孜孜地看我，不勝之喜，說道：『你怎這樣聰明，上海話是敲敲頭頂，腳底板亦會響。』」**張愛玲

有沒有真的說過這句話，只有胡某知道。對胡的「聰明」恭維過後，她追問：「**你的人是真的麼？你和我這樣在一起是真的麼？**」隔了大半個世紀，我們做觀眾的，還可以在想像空間看到愛玲扯着胡某的衣角，撒嬌道：「說嘛！說嘛！」

〈金鎖記〉冷眼看紅塵的說話人，在胡某筆下成了千嬌百媚的小女子，跟大男人說話，動口又動手。

> 她只管看我，不勝之喜，用手指撫我的眉毛說，『你的眉毛』。撫到眼睛，說，『你的眼睛』，撫到嘴上，說，『你的嘴，你嘴角這裏的渦我喜歡』。她叫我『蘭成』，當時竟不知道如何答應。我總不當面叫她名字，與人是說張愛玲，她今要我叫來聽聽，我十分無奈，只得叫一聲『愛玲』。

1961年底張愛玲到香港替電影公司編劇。留港的兩個多月期間，她給洋老公賴雅（Ferdinand Reyher）寫了六封信。賴雅不是漢學家。信是英文寫的，有高全之的中譯。五封信的上款都稱對方為 Fred darling，只有一封加了個 sweet。張愛玲對賴雅的稱呼和信內的 terms of endearment（甜言蜜語）如 sweet thing, I kiss your ear 和 a kiss for your left eye，儘管措辭甜甜蜜蜜，內容幾乎字字辛酸。賴雅夫人忙着生計，窮得連一雙新鞋子也要等 on sale 時才買。但既是洋人太太，給丈夫寫信，總不合賴雅賴雅這樣開頭。

以 George 面世的 Mary Ann 和用外語跟洋人交往的張小姐，看似風馬牛不相及，實有一共同點：身分的轉移。一操外語，就變半個外人。只有洋妞才會甜心蜜糖掛滿嘴的。那個熱情洋溢得要 kiss 人家耳朵的小女子會不會是張愛玲的「本色」？

愛玲五恨

人生恨事知多少？張愛玲就説過，一恨海棠無香；二恨鰣魚多骨；三恨曹雪芹《紅樓夢》未完；四恨高鶚妄改──死有餘辜。人生恨事何止這四條？在近日出版的《張愛玲私語錄》看到，原來張小姐「從小妒忌林語堂，因為覺得他不配，他中文比英文好」。我們還可以在〈私語〉中看到她「妒忌」林語堂的理由：「我要比林語堂還要出風頭，我要穿最別緻的衣服，周遊世界，在上海有自己的房子。」

張愛玲跟宋淇、鄺文美夫婦認交四十餘年，互通書信達六百多封。有一次，愛玲跟他們説：「有些人從來不使我妒忌，如蘇青、徐訏的書比我的書銷路都好，我不把他們看做對手。還有韓素音。聽見凌叔華用英文寫書，也不覺得是威脅。看過她寫的中文，知道同我完全兩路。」

〈私語〉發表於1944年，愛玲二十四歲。林語堂的成名作 *My Country and My People*（《吾國與吾民》）1935年在美國出版，極受好評。第二年出了英國版，也成為暢銷書。林語堂名成利就，羨煞了愛玲小姐。如果她是拿林語堂在《論語》或《人間世》發表的

文字來衡量他的中文，再以此為根據論證他的中文比英文好，那真不知從何說起。林語堂的英文暢順如流水行雲，起承轉合隨心所欲，到家極了。

張愛玲「妒忌」林語堂、覺得他「不配」，或可視為酸葡萄心理的反射。除了海棠無香鰣魚多骨外，張愛玲終生抱憾的就是不能像林語堂那樣靠英文著作在外國領風騷。她從小就立志當雙語作家。十八歲那年她被父親grounded，不准離開家門。病患傷寒也不得出外就醫，如果不是女傭使計幫她脫險，可能早丟了性命。康復後，愛玲把坐「家牢」的經過寫成英文，寄到英文《大美晚報》(*Shanghai Evening Post and Mercury*) 發表。編輯給她代擬的題目是："What a Life! What a Girl's Life!" 四年後愛玲重寫這段經歷，用的是中文。這就是今天我們讀到的〈私語〉。

張愛玲在上海唸教會學校，在香港大學英文系修讀了兩年。移民美國後，除了日常的「語境」是英文外，嫁的丈夫也是美國人。這些條件當然對她學習英語大有幫助，但如果我們知道她英文版的《秧歌》(*The Rice-Sprout Song*) 是1955年出版，而她也是在這一年離港赴美的，應可從此推斷她的英文造詣全靠天份加上自修苦學得來。

張愛玲1952年重臨香港，生活靠翻譯和寫劇本維持，同時也接受美國新聞處的資助寫小說。英文本的《秧歌》和《赤地之戀》

就是這時期的產品。2002年高全之以電話和電郵方式訪問了當時美新處處長 Richard M. McCarthy，談到他初讀《秧歌》的印象，說：「我大為驚異佩服。我自己寫不出那麼好的英文。我既羨慕也忌妒她的文采。」

出版《秧歌》的美國出版社是 Charles Scribner's Sons，在出版界相當有地位。從高全之所引的資料看，《秧歌》的書評相當正面。其中《紐約前鋒論壇報》的話對作者更有鼓舞作用。以下是高全之的譯文：「這本動人而謙實的小書是她首部英文作品，文筆精鍊，或會令我們許多英文母語讀者大為欽羨。更重要的是，本書展示了她作為小說家的誠摯與技巧。」

《時代》雜誌這麼說：「如以通俗劇視之，則屬諷刺型。可能是目前最近真實的、中國共產黨統治下生活的長篇小說。」

我手上的《吾國與吾民》是英國 Heinemann 公司1962年的版本。初版1936，同年四刷，接着是1937、1938。1939出了增訂本。1941和1942年各出二刷。跟着的1943和1956年都有印刷。三四十年代是林語堂的黃金歲月，暢銷書一本接一本地面世，在英美兩地都可以拿版稅，不管他「配不配」，單此一點也夠愛玲「妒忌」的了。

像林語堂這類作家，真的可以單靠版稅就可以「穿最別緻的衣服，周遊世界」。愛玲也嚮往這種生活，但1952年離開大陸

後，她追求的東西，衣服和旅遊還是次要，每天面對的卻是房租、衣食和醫藥費的現實問題。她的中文作品雖然繼續有版稅可拿，但數目零星，多少不定。要生活得到保障，只能希望英文著作能為英文讀者接受。這個希望落空了。《秧歌》的書評熱潮，只是曇花一現。1956年香港友聯出版社出版了《赤地之戀》，版權頁內註明：not for sale in the United Kingdom, Canada, or the United States of America。「不得在英國、加拿大或美國發售」，張愛玲顯然沒有放棄總有一天在歐美國家出版商中找到伯樂的希望。

英美出版商對《赤地之戀》不感興趣，或可解說因為政治色彩太濃，不是「一般讀者」想看的小說。但 The Fall of the Pagoda（《雷峯塔》）和 The Book of Change（《易經》）這兩本作品，說的是一個破落封建家庭樹倒猢猻散的故事，卻依然乏人問津。李黎在〈雷峯塔對照記〉（《中國時報》，2010年6月18日）開門見山說：

> 收到張愛玲的英文小說 The Fall of the Pagoda……出於好奇立刻開始讀，可是看不到兩三章就索然無味的放下了，過些天又再勉強自己拾起來，如是者數回——做夢都沒有料到閱讀張愛玲竟會這麼興趣缺缺。原因無他：對於我，張門絕學的文字魅力僅限於中文；至於這本英文小說的故事，一是實在並不引人入勝，二是早已知之甚詳毋須探究了。

同樣的一個故事，用兩種語文來講述，效果會不會相同？李黎說英文版本的張愛玲因為沒有她註冊商標的那些「兀自燃燒的句子」，讀起來竟然完全不是一回事，**「就像同一個靈魂卻換了個身體，那個靈魂用陌生的面孔與我說英文」**。

李黎舉了些實例。我耐着性子苦讀，也隨手錄了不少。觸類旁通，因此只取一兩條示範。

"Just like him," Prosper Wong murmured. "A tiger's head and a snake's tail. Big thunder, small rain drops." 「虎頭蛇尾。雷聲大，雨聲小」這幾句話的原意，受過幾年「你好嗎？」普通話訓練的中文非母語讀者也不一定猜得出來。

"A scholar knows what happens in the world without going out of his door." 「秀才不出門能知天下事」。這是李黎貼出來的例子。其實，在電腦手機普及的今天，這句話不論是中文原文也好，譯成英文也好，已全無意義可言。英文書寫忌用成語俗話，因為成語本身就是一種陳腔濫調。成語如果經常出現，這表示作者的思想已漸失去主導能力，開始斷斷續續的拾前人牙慧了。不幸的是《雷峯塔》和《易經》隨處可見這種似通非通的句子："Really, if I were you, Mrs Chin, I'd go home and enjoy myself, what for, at this age, still out here eating other people's rice？" Sunflower said.

張愛玲的小說，寫得再壞，也有誘人讀下去的地方——只

要作品是中文。〈異鄉記〉有些散句，不需 context，也可兀自燃燒：「**頭上的天陰陰的合下來，天色是鴨蛋青，四面的水白漫漫的，下起雨來了，毛毛雨，有一下沒一下的舔着這世界。**」張愛玲英文出色，但只有使用母語中文時才露本色，才真真正正的到家。她用英文寫作，處理口語時，時見力不從心。我在 2005 年發表的長文〈張愛玲的中英互譯〉特別談到的是這個問題。《雷峯塔》不是翻譯，但裏面人物的對話，即使沒有成語夾雜，聽來還是怪怪的。第二十四章開頭母親對女兒說話："Lose your passport when you're abroad and you can only die," Dew said. "Without a passport you can't leave the country and can't stay either, what else is there but to die."

王德威是行內的好好先生，tolerant, indulgent and forgiving。他在為《易經》寫的序言內也不禁輕輕嘆道：However, from a critical perspective *The Book of Change* may not read as compellingly as "From the Ashes." 《易經》的故事和情節，不少是從〈燼餘錄〉衍生出來，但王德威認為英文《易經》不如中文的〈燼餘錄〉那麼「扣人心弦」（compelling）。其實論文字之到家，〈燼餘錄〉哪裏及得上〈封鎖〉、〈金鎖記〉和〈傾城之戀〉那麼教人刻骨銘心。但結尾那百餘字，雖然熾熱不足，亦可兀自焚燒，是不折不扣「到家」的張愛玲蒼涼文體：

時代的車轟轟地往前開。我們坐在車上，經過的也許不過是幾條熟悉的街衢，可是在漫天的火光中也自驚心動魄。就可惜我們只顧忙着一瞥即逝的店鋪的櫥窗裏找尋我們自己的影子——我們只看見自己的臉，蒼白，渺小；我們的自私與空虛，我們恬不知恥的愚蠢——誰都像我們一樣，然而我們每個人都是孤獨的。

《雷峯塔》和《易經》這兩本英文創作未能在歐美出版人中找到「伯樂」，最簡單的說法是語言障礙。中英文兼通的讀者，一樣為其中人物的名字「陌生化。」化名 Lute 的是愛玲。Dew 是她媽媽。Elm Brook 是爸爸。這也罷了。最陌生的是一些較次要的角色，如女僕 Dry Ho。Dry Ho? "Dry Ho was called dry as distinguished from a wet nurse."「奶媽」是 wet nurse。有一位叫 Aim Far Chu 的。初看以為 Aim Far 是名字拼音，後來才知是「向遠」之意，Chu 是姓。

第一回快結尾時我們聽到 Dry Chin 說 "Keep asking. Break the pot to get to the bottom,"「繼續問吧。打破沙鍋問到底吧。」李黎看了兩三章才覺得趣味索然。不知有漢的洋讀者，打開書才三兩頁，就給 Dry Ho 和 Prosper 這些人物搞昏了頭，決不肯 break the pot 的。我們都因為張愛玲早期寫出了這麼多的傳世之作而懷念

她、偏愛她、甚至縱容她。只要是出於她的手筆的中文作品，我們一定「追捧」下去。但看了《雷峯塔》和《易經》後，我們難免覺得心痛：如果她生活無憂，能把精神和精力全放在中文書寫上，多好！

愛玲小館

　　到市上一家以賣洋書為主的書店走動，一進門就看見張愛玲的《小團圓》高高堆在架子上。英國散文家蘭姆 (Charles Lamb, 1775–1834) 用依利亞 (Elia) 筆名替 *London Magazine* 寫了五年散文，名噪一時，粉絲輩出，各種活動應運而生，互相繁殖，竟然拓展成為一種文化「工業」──史稱 the Elia industry。

　　張愛玲今天名牌效應十足，看來在華文地區 the Eileen Chang industry 已露端倪。因祖師奶奶之名搶先開業的應該是「愛玲小館」。菜式的配搭可拿她〈談吃與畫餅充飢〉一文作參考。菜單上「大廚精選」一欄別忘把「鴨舌小蘿蔔湯」這一項列出來，因為愛玲是從這道湯學會了**「咬住鴨舌頭根上的一隻小扁骨頭，往外一抽抽出來，像拔鞋拔」**似的。如果「愛玲小館」店東能向皇冠出版社拿到版權，千萬要把愛玲描寫自己「吃相」這段文字錄出來。接下來的一段話也怪趣得很：**「與豆大的鴨腦子比起來，鴨子真是長舌婦，怪不得牠們人矮聲高，『咖咖咖咖』叫得那麼響。」**餐牌上印了愛玲原文，食客大飽口福之餘，還可享受精神食糧，不亦樂乎。

「愛玲工業」這構想有魅力，新興事業會應運而生。新舊粉絲輩當然看過《對照記——看老照相簿》。你有沒有注意到這位「民國女子」對穿着多講究？1955年她離港赴美前攝的那幀穿短襖的半身照（圖五十），看來真是風華絕代，怪不得老被媒體拿來做奶奶的「商標」。愛玲不愛隨波逐流，現成衣服不合心意時，自己動手設計款式，這應該是一種商機，創意粉絲何不開一家Eileen Boutique？

The Eileen industry有利各式各樣的衍生。台灣最近出了一本《胡蘭成傳》，尚未看到。論級數，胡某在漢奸的「陣營」中比起汪精衛來，只是個小頭目。如果不是他「搭」上張愛玲，不一定會有人看他看得上眼。好了，現在《小團圓》出爐了，胡某這個在女人圈子的「惹火尤物」，他那裏來的三頭六臂，都可在這本自傳體的小說「索隱」一番。胡某的「知名度」就是這樣衍生出來的。

台灣在上世紀七八十年代就吹起「張愛玲熱」。有戴文采女士受一報館之託到美國訪問奶奶。不得其門而入，心生一計，租住奶奶公寓隔壁一房間，方便窺其私隱。她每次看到奶奶出來倒垃圾，等她一離開後就倒出她盛在袋子裏的東西細細端詳一番。經戴文采報導後，現在我們知道奶奶愛用甚麼牌子的肥皂：Ivory和Coast。

張小虹曾用兩個非常「學院派」的名詞來分析張愛玲生前和死

後出現的「文化現象」。一是「嗜糞」(coprophilia)；一是「戀屍」(necrophilia)。這兩種執迷遠離文學研究本義，可說是一種偏差。閱讀張愛玲「八卦化」後，大家不必看文本，單憑耳食之言，就可加入「百家爭鳴」的行列。這正是「張愛玲現象」一個景觀。從垃圾堆裏發掘文本以外的隱蔽世界，無疑是一種 exercise in trivialization，就說是吹雞毛求蒜皮的運作吧。

張愛玲在現在中國文學的聲譽，是夏志清的《中國現代小說史》烘托出來的。夏先生識張愛玲於微時，因他當年在美國只能憑圖書館塵封的印刷品中去認識這個「小女子」。她那張「風華絕代」的照片是成名後才刊出的，因此夏先生沒福氣看到。他對 Eileen 的賞識，是她紙上的才氣。要追本溯源，傅雷該是張愛玲第一個伯樂。他在 1944 年用迅雨筆名發表了〈論張愛玲的小說〉，毫無保留地推許〈金鎖記〉為「我們文壇最美收穫之一」。在意識形態當道的時代，傅雷獨具慧眼，肯定張愛玲在小說藝術上獨特的成就。他說得對，〈金鎖記〉的人物「**每句說話都是動作，每個動作都是說話，即在沒有動作沒有言語的場合，情緒的波動也不曾減弱分毫**」。

數張愛玲論者的風流人物，最值得尊敬的是傅雷和夏志清兩位老前輩。

乙輯

一介布衣

　　夏志清先生於2013年12月29日在美國紐約市辭世，生年九十有二。先生名滿中外，著作等身，要紀念他，就他的著作議論固然適宜，但夏先生一生的趣聞逸事可多。若要側寫他多彩多姿的生活片段，絕不會有不知從何說起的困擾。

　　上世紀六十年代初我負責籌劃夏先生 *A History of Modern Chinese Fiction* 的中譯工作，自此因公因私一直跟他書信往還，也多次拿過夏先生的著作和日常生活中的「花邊」新聞做過文章。如今先生「大去」，應就我個人所知對他的文學見解做一補充。

　　夏先生的《中國現代小說史》於1961年由耶魯大學出版。如果不是通過中譯本先後接觸到「兩岸三地」的華人學界，張愛玲今天哪有如此風光？說起來沈從文和錢鍾書的「下半生」能再熱鬧起來，也因得先生的賞識，在《小說史》中用了史筆推許一番。

　　張愛玲三四十年代在上海出道，作品總背上「鴛鴦蝴蝶」之名，只合消閒遣興。那年頭唯一有眼光賞識到張愛玲才華的是傅雷。他用迅雨筆名發表了〈論張愛玲的小說〉，斬釘截鐵城地肯定〈金鎖記〉為「我們文壇最美收穫之一」。他說得對：〈金鎖記〉的

人物「每句説話都是動作，每個動作都是説話，即在沒有動作沒有言語的場合，情緒的波動也不曾減弱分毫」。

傅雷文評，全以作品的藝術成就定論，沒有夾雜「意識形態」的考慮。夏先生是上海人，張愛玲在「敵偽」時期的上海當上了胡蘭成夫人這回事，他理應知道。張小姐是否因此附了「逆」？他在《小説史》中隻字不提，只集中討論這位 Eileen Chang 作品的非凡成就，一開頭就用 F. R. Leavis 在《偉大的傳統》一書所用的無可置疑的語氣宣稱：「張愛玲該是今日中國最優秀最重要的作家。」

夏先生這種近乎「武斷」的看法，當然「備受爭議」，而且這種爭議，可能會無休無止地延續下去。反正夏先生的説法，也不過是「一家之言」，我們自己各有取捨。《小説史》中譯本初版於1979年，夏先生特為此寫了一個長序，特別點出自己作為一個文學批評家與文學史家的工作信念，那就是對「優美作品之發現和評審（"the discovery and appraisal of excellence"）。這個宗旨我至今還抱定不放」。

夏先生大半生的「職業」是中國文學教授；但他「前半生」所受的教育和訓練卻是西洋文學。他在上海滬江大學英文系畢業，在北京大學英文系當過助教，後來得到留美獎學金到耶魯大學唸研究院，用三年半的時間取得博士學位。那年頭的美國研究院，唸文科的總得通過兩三種外語考試。記得夏先生所選的外語，其

中有拉丁文和德文。如果夏先生不是資質過人，在大學時勤奮自學，一早打好了語言和文學史的根柢，不可能在三年半內取得耶魯的博士學位。

不難想像，像夏先生這樣一個有高深西洋文學修養的人，為了職業上的需要再回頭看自己國家的「文學遺產」時，一定會處處感覺「若有所失」。1952年他開始重讀中國現代小說，發覺：

> 五四時期的小說，實在覺得它們大半寫得太淺露了。那些小說家技巧幼稚且不說，他們看人看事也不夠深入，沒有對人心作深一層的發掘。……現代中國文學之膚淺，歸根究底說來，實由於對其「原罪」之說，或者闡釋罪惡的其他宗教論說，不感興趣，無意認識。

夏先生讀唐詩宋詞，不時亦感到「若有所失」。他認為中國文學傳統裏並沒有一個正視人生的宗教觀。中國人的宗教不是迷信，就是逃避，或者是王維式怡然自得的個人享受。他讀中國詩賦詞曲古文，認為「其最吸引人的地方還是辭藻之優美，對人生問題倒並沒有作多深入的探索。即以盛唐三大詩人而言，李白真想喫了藥草成仙，談不上有甚麼關懷人類的宗教感。王維那幾首禪詩，主要也是自得其樂式的個人享受，看不出甚麼偉大的胸襟和抱負來。只有杜甫一人深得吾心，他詩篇裏所表揚的不僅是忠

君愛國的思想，也是真正儒家人道主義的精神。」

　　夏先生「明裏」是哥倫比亞大學的中國文學教授，「暗地」卻私戀西洋文學。這本是私人嗜好，旁人沒有置喙餘地──只要他不要在學報上把中國文學種種的「不足」公佈出來。但這正是他在 "Classical Chinese Literature: Its Reception Today as a Product of Traditional Culture" (1990) 一文所幹的別人認為是他「吃裏扒外」的「勾當」。身為哥大 Professor of Chinese，若有學生前來請益，夏老師理應給他諸多勉勵才是，但我們的夏老師卻歪想到古希臘文明輝煌的傳統，居然說 would not hesitate to advise any college youth to major in Greek，他是說會毫不猶豫地勸告任何大學生主修希臘文。十九世紀俄國小說，名家輩出，力度振聾發聵。為此原因，夏老師也會毫不猶疑勸告來看他的學生主修俄國文學。難怪「國粹派」的學者把他的言論目為「異端」。

　　夏先生第二本專著《中國古典小說》(*The Classic Chinese Novel: A Critical Introduction*) 1968 年在哥大出版社出版。書分六章，分別討論《三國演義》、《水滸傳》、《西遊記》、《金瓶梅》、《儒林外史》和《紅樓夢》。這六本說部，一點也不奇怪，夏先生評價最高的是《紅樓夢》。但隨後的十多二十年，他對中國傳統文化和社會的了解逐漸加深，對《紅樓夢》的看法也相應作了修改。這裏只能簡單地說，夏先生對故事收尾寶玉遁入空門，作為看破紅塵的指標極

感失望。當然，夏先生的看法多少是受了陀思妥耶夫斯基扛鼎名著《卡拉馬佐夫兄弟》的影響。

夏先生用 docile imagination 一詞來概括中國文人創作想像力之「柔順」。「色即是空，空即是色」的老調，唱多了，別無新意。寶玉出家，不是甚麼知性的抉擇，步前人後塵而已。在夏先生的眼中，若拿《卡拉馬佐夫兄弟》跟《紅樓夢》相比，自然是前者比後者更能「深入靈魂深處」。這麼説來，夏先生為了堅持 the discovery and appraisal of excellence 的宗旨，恐怕要背上「不愛國」的罪名。

夏先生的言論，激奮起來時，有時比魯迅還魯迅。我們記得1925 年《京報副刊》曾向魯迅請教，提供一些「青年必讀書」給讀者參考。魯迅一本正經地回答説：「我看中國書時，總覺得就沉靜下去，與實人生離開；讀外國書——除了印度——時，往往就與人生接觸，想做點事。……我以為要少——或者竟不——看中國書，多看外國書。少看中國書，其結果不過不能作文而已。但現在的青年最要緊的是『行』，不是『言』。只要是活人，不能作文算甚麼大不了的事。」

夏先生在〈中國文學只有中國人自己講〉説的話，世間若還有「衛道之士」，看了一定會痛心疾首：「洋人看中國書看得少的時候，興趣很大；看得多了，反而沒有興趣了。Arthur Waley、Ezra

Pound 翻譯的中國古詩，看的人很多，人家說：就是好！翻譯得多了，就沒甚麼好了。小說也一樣，《西遊記》翻譯一點點，人家覺得很好，後來多了以後，就覺得很煩，中國人不覺得甚麼，洋人就覺得長，而且人名又都差不多，看不下去。所以，中國文學弄不大，弄了很多年弄不起來，要起來早就起來了。法國的《包法利夫人》大家都在看，中國的《紅樓夢》你不看也沒有關係，中國沒有一本書大家必須看。」

歷史學家唐德剛教授本是志清先生好友，看了夏教授這種言談，精讀《紅樓夢》的唐先生受不了，認為老友「以夷變夏」，寫了〈紅樓遺禍──對夏志清『大字報』的答覆〉一文，發表於台灣的《中國時報》，內有十八個小標題，其中有「瘋氣要改改」、「以『崇洋過當』觀點貶抑中國作家」和「崇洋自卑的心態」這三條。

這場唐、夏二公就《紅樓夢》價值之爭議，其實開始前就有結論，那就是二者不可能分勝負。唐先生在美國受教育，以英文寫作，他最熟悉的西方經典，自然是史學範圍。他閒時或會涉獵西方文學作品，但對他來說這只是「餘興」，這跟志清先生在這門功課上作業之勤、用情之深根本不可同日而語。看德剛先生的年紀，諒是抱着《紅樓夢》吃喝做夢那一代的書癡。既是平生至愛，哪能讓夏某人「貶」其所愛？

本文以「一介布衣」為名，因為我實在想不出一個跟內容貼切

的題目。六十年代初我到紐約拜望夏先生時，他帶我到他的家去坐。他的家就是哥倫比亞大學教職員的房子。隨後幾次拜訪，他也是在「家」接見我的，只是「家」的面積比初見時略為寬敞，想是因年資增長而得到的禮遇。夏先生除了做老師討生活和替報章雜誌寫寫文章賺點零用錢外，想來再沒有甚麼發財能力。說他是「一介布衣」，應該沒有錯。

荒野的吶喊——紀念夏公

一

　　鄭樹森教授在〈夏公與「張學」〉一文提到，夏志清的英文版《中國現代小説史》在1961年出版，但其影響力早在1957年綻發出來。因為志清先生在美國撰寫《小説史》時，每有所獲，就郵寄給他哥哥濟安先生過目和提供意見。一來在《小説史》上榜的作家在當時的台灣差不多都是政治禁忌，二來張愛玲除了身在美國外，作品本身也出色得令人不能不另眼相看。濟安先生因此把書中張愛玲那一章幕後中譯出來，題名〈張愛玲的短篇小説〉，以夏志清的名字在《文學雜誌》發表出來（二卷四期）。1957年我是台大外文系二年級生，常到老師在溫州街單身教職員宿舍走動。

　　記得他拿着剛出版的《文學雜誌》感慨地對我説：「張愛玲終於遇到我老弟這個伯樂了。」其實夏志清的《小説史》並沒有偏愛張愛玲。他對當年被文評界冷落的「千里馬」如沈從文和錢鍾書不是一樣也就其獨特的個人才華説了公道話？當然，夏志清把張愛玲這麼一個「通俗」作家跟魯迅等殿堂級人物相提並論還不算，居

然還說她的短篇小說成就「堪與英美現代女文豪如曼殊菲兒（Katherine Mansfield）、泡特（Katherine Anne Porter）、韋爾蒂（Eudora Welty）、麥克勒斯（Carson McCullers）之流相比，有些地方，她恐怕還要高明一籌」。

鄭樹森在文中透露，上世紀六十年代中台灣小說家朱西甯曾跟他說過，一直推崇張愛玲的成就，「但要到夏公出來講，才更加確定，覺得終於有人出來說公道話；可想而知，夏公這篇文章對當時台北文學界震動很大」。夏公文章讓我們閱讀張愛玲成了一種嶄新的經驗，不在他立言的膽色，而是因為他對張愛玲作品的論證，每能跟她作品中的「微言大義」互相印證。我得再引用鄭教授對夏公文評取向的表述。

首先，就方法學而言，夏公貼近美國形式主義「苦讀細品」的傳統。形式主義也稱「新批評」，就文論文，不把作家的書寫和他們的家世或生平混為一談。通過「苦讀」，夏公感受到張愛玲對文字色彩的敏感。其次，他又連帶注意到張愛玲小說豐富得近乎「華麗」的意象。夏公是第一個把這關鍵詞視為張愛玲文體一大特色的文評家。這名詞日後成為「張學」一個熱門論題。

其三：「華麗」以外，另一個周而復始地在張愛玲小說出現的關鍵詞是「蒼涼」。這也是「張學」專家為文時常用的一個出發點。「蒼涼」就是「人生一切饑餓和挫折中所內藏的蒼涼的意味」。

其四：夏公認為張愛玲心理描寫細膩，但是她的觀察態度老練而客觀。

其五：夏公通覽張愛玲著作後，肯定她是個徹底的悲觀主義者。就她人物相處的狀況來說，悲是「大悲」，也就是「一種非個人的深刻悲哀」。把「非個人」解為 "impersonal"，即得「新批評」論說之精髓。

其六：夏公最先看到張愛玲受弗洛依德和西洋小說的影響，「可是給她影響最大的，還是中國舊小說」。這從她小說中圓熟活潑的語言和對白就可看出來。

《小說史》1961年3月上市。同年4月13日波士頓的《基督教科學箴言報》刊出了 David Roy 篇幅特長的書評，推許此書面世為年度出版界「一大盛事」（"an event of the first importance"），不僅是專論中國現代小說的第一本嚴肅英文著述，更難得的是，「在現存的各國文字書寫的這類研究中，也以此書為最佳」（"the best study of its subject available in any language"）。David Roy 是傳教士之子，寫過郭沫若評傳，後來專心致力翻譯全本《金瓶梅》。去年終於大功告成，終生在芝加哥大學任教，是個大行家。

說《小說史》在西方漢學界中是「橫空出世」，看來一點沒有誇大。夏公在出國前早已在西方文學浸淫多年，文學理論亦尾隨「新批評」諸大家，凡此種種，套用鄭教授的話說，「都令其文論

與當時美國漢學界大相徑庭。後者忽視分析、義理，仍以實證主義考據、版本等為終極關懷，而眼界不及現代中國文學。……因此夏公1950年代的張愛玲論析，無論是當日的華文學界或西方漢學界，恐怕連『逆流而上』都談不到，只能視為『荒野的吶喊』。」

二

　　拿相命先生的行話來說，夏志清因《小說史》建立起來的名聲是「異路功名」。他是一個全科英美文學訓練出來的奇才，後來因時勢所迫留在美國「改行」講授中國文學，這對他說來想是個意外。說是「異路功名」，因為無論從個人志趣或學術背景來看，他也萬萬想不到自己搖身一變成為一個美國學界老一輩的人眼中的「漢學家」。

　　重讀夏公收在《談文藝、憶師友》中的幾篇自傳文章，深受他在追求學問表現的「堅貞決絕」精神所感動。他在滬江大學唸三年級時就選了難「啃」的德文，作為攻讀英美文學博士對外語要求的預先準備。他在家自修時也沒有避重就輕，唸的都是經典，像歌德的《浮士德》上下兩部。此外還有海涅 (Heinrich Heine) 的詩和席勒 (Friedrich von Schiller) 的詩劇。到耶魯上學的第一年就輕輕鬆鬆通過德文考試。但接下來還要應付兩門硬邦邦的功課：「古

英文」和「古代冰島文」。他苦練得來的德文閱讀能力都用得上，因寫讀書報告非要看德文參考資料不可。

夏公讀英詩，深受〈荒原〉作者艾略特影響。艾氏對十七世紀的「玄學詩」（metaphysical poetry）情有獨鍾，但夏公早在滬江當學生時就迷上了神秘主義詩人布萊克（William Blake）。布萊克的「預言詩」特別難懂，但夏公硬着頭皮把他稱為「怪詩」的〈密爾頓〉和〈耶路撒冷〉都一讀、重讀、三讀，讀得爛熟。這麼說，一來為了說明夏公讀書不知難而退。二來試看這位被華茲華斯視為「瘋子」的神秘詩人會不會因詩作曖昧難懂間接成全了夏先生留學美國。

上世紀四十年代初，夏氏兄弟雙雙受聘北大英文系，濟安是講師，志清是助教。胡適之先生這時從美回國，接任北大校長，不久即有消息傳出來，紐約華僑企業巨子李國欽答應給北大三個留美獎學金，文、法、理科各一名。北大全校資歷淺的教員（包括講師、助教）都可以申請。主要條件有兩個：一是當場考一篇英文作文，二是另交一篇書寫的論文近作。這些試卷和論文都由校方資深教授評審。

夏公決定以「瘋子」布雷克作論文題目。北大圖書館有牛津版兩巨冊《布雷克全集》，參考書也有三四種，加上平日以布雷克「粉絲」的心態搜羅得來的資料，最後寫成了一篇二十多頁的論

文。即場考試由客座教授 R. A. Jeliffe 主持，出的題目是〈出洋留學之利益〉。夏公說得好：「真可謂『八股』之尤。」

論文部分，由英文系的客座教授燕卜蓀閱卷。燕教授本名 William Empson，英國人，劍橋大學出身，所著《七種歧義》(*Seven Types of Ambiguity*, 1930) 對英美文學批評風氣影響極大。他不屬於崛起於美國東岸的「新批評」陣營，但思路氣味相投。夏公在北大英文系當助教時期早已「忍痛」用相當於半個月薪金的價錢買了幾本「非買不可」的新書，其中有勃羅克斯 (Cleanth Brooks) 論詩的扛鼎名著《精緻的骨罈》(*The Well-Wrought Urn*)。夏公說燕卜蓀在北大教書，相當清苦，買不起新書，因此他們兄弟看完《骨罈》後就借給他看。燕卜蓀讀後異常欣賞，自動寫了書評寄美國「新批評」旗艦刊物的 *Kenyon Review*。文章刊出後，Kenyon 學院還請他教暑期班，從此跟美國的「新批評」學派建立了關係。

李氏獎學金的評審結果是文科的得獎人是英文系助教夏志清。名單公佈後，據夏公在〈紅樓生活志〉所說，「至少有十多位講師、教員聯袂到校長室去抗議，夏志清是甚麼人，怎麼可以把這份獎學金由他領去？胡校長雖然也討厭我是教會學校出身，做事倒是公平的，沒有否決評選委員會的決定。」

其實胡校長的「偏見」，看來倒不是夏公出身教會學校，因為燕京、嶺南和聖約翰這三家都是教會學校。胡先生「看不過眼」的

可能是滬江不是甚麼「重點大學」。夏先生自己也說過，「今天滬江大學停辦已有五十四年了，畢業生間以從事學術研究而出名的一向就不多。在英美著名大學英文系拿到博士學位的，想來就只有張心滄同我二人。」

胡校長雖然沒有否決評選會的決定，對教會學校的「餘恨」未消，竟認為像哈佛、耶魯這些學校夏公簡直不用申請，因為李氏獎學金只有兩年，連個碩士學位都拿不到的。胡校長沒有「胡說八道」，因為新任的北大英文系副教授王岷源是個國立大學的畢業生，在耶魯讀了四年才拿到碩士學位。

夏公在耶魯苦讀三年半，拿到博士學位，但並沒有從此一帆風順。他先在社區學院教英文，又在密芝根大學的東亞系跑過一年的「龍套」，做「訪問講師」。上文說過夏公是張愛玲的伯樂。夏公一生也遇過他自己的伯樂。當年如果不是蘭蓀 (John Crowe Ransom) 和燕卜蓀兩位教授鼎力推薦，憑常識看，一個出身「寒門」的大學畢業生諒也無門路走進耶魯的廟堂。

早年英譯《紅樓夢》(節本) 的哥大東亞系教授王際真 1960 年時行將退休，開始「暗地」物色繼任人選。這時《小說史》還在最後的製作階段。有位負責審稿的資深教授跟王際真聊天時對這本書稱讚有加。王際真心念一動，跑到耶魯出版社要求看清樣。在半個小時的空檔內，他只能匆匆瀏覽了序言和魯迅那一章。1961

年2月13日王際真發信給夏公，恭賀他在這領域裏做了「開創性的工作。……你的評價十分正確，文筆又是那麼優美，不僅優於所有中國人，而且在所有學術圈子裏也是出類拔萃的」。

如果夏公讀張愛玲和錢鍾書有「石破天驚」的發現，那是因為他「離經叛道」。「新批評」學者苦讀細品見山不是山，往往能在字裏行間的細微處察看到茫茫宇宙的玄機。華茲華斯論「瘋子」布雷克有言，「這傢伙毫無疑問是瘋子，但他的狂痴處有些東西比拜倫和司各特的清醒更能引起我的興趣」。這位田園詩人是在苦讀細品後才得到這個印象和結論的。夏公於1962年獲聘為哥大副教授。

古風猶存

　　林山木（行止）在《信報》「政經」之餘，還寫了〈用功謙厚立本・不驕不燥樂樂〉（2013年3月19日）。文章是書信體，收件人是尚未成年的「小孫女」。公公對孫女説「這些年來」他一直有意無意間要對她灌輸一些「做人的大道理」。譬如説做人要「專注」，無論是讀書、寫作還是玩耍，絕不可以分心。專注之外，同樣重要的是「勤力」。「拙」已經可以用「勤」來補（「將勤補拙」），生性冰雪聰明加上勤奮，成就自然更大。

　　細味「公公」所言，發覺這封信，名目雖説是「家書」，廣義地看卻是一位關懷華人在學青年和準留學生的「有心人」的經驗之談。「公公」用心，可見「古風」。他給小孫女説明「專注」的例證，剪裁有度。明人王兆雲〈猴奕〉，百餘字，説一老猴兒每天在高山大樹上觀看樹下二仙對奕，日子有功，猴子深得棋藝精萃。仙人不再出現時，猴子技癢，跳下大樹，擺棋盤邀樵夫、村人對奕，每局必勝。地方官為討聖上歡心，把這隻「靈猴」獻上。聖上隨即下令滿朝文武跟猴子對壘，結果一一慘敗。朝上既然無人，聖上只好把關在牢裏的「棋聖」楊靖特赦，跟猴子對奕。楊靖欣然從

命，條件是皇帝賜他一盤水果，放在棋盤旁邊。好猴兒！一看到棋盤旁邊的水果，馬上意亂情迷，精神不能集中，結果呢，三局盡失。猴子因「心牽於桃」（水果），未能專心，也因此丟了老命。

林山木還給孫女引述了伯牙學琴的傳說以說明「專注」的重要。話說伯牙隨名師學琴三年，工精藝熟，技巧運作隨心所欲，只是心中雜念難除，精神無法進入空靈高蹈的境界。後來遵從老師成連的建議，盡棄俗務，入仙山蓬萊，臨海濱鼓琴，任「海水澎湃，林鳥悲鳴」，終成一代宗師。伯牙故事，只是一種傳說，更可看作一則寓言。想是「公公」生怕誤導小孫女，連忙加了按語：「伯牙學琴有成，但他放棄了正常生活，這是他的選擇，他這種『取捨』是否正確，因人而異（因為人的「機會成本」有別），但他因為彈琴時「情之專一」，終成絕世妙手。」

林山木舉出了戰國時代的「縱橫家」蘇秦來說明「勤力」之重要。這位他認為中國歷史上「最勤力」的人為了讀書不打瞌睡，不惜用錐子刺自己大腿保持清醒。另外一位出現在名單上的「勤力」榜樣是東漢的高鳳。這位務農的「一介布衣」讀書晝夜不息。一天妻子在庭院曬麥，要他持竿看管，別讓雀鳥吃光麥子。是時天下大雨，高鳳一樣誦經如儀，結果「潦水流麥」，把一家人的口糧沖走了。「妻還怪問，乃省。」執卷不倦的糊塗蟲日後成為東漢名儒。

「公公」預料小孫女不久將會到英國上學，因此決定在信上把

自己對英國和英國人的「皮毛」認識給小孫女講解一下。他的「經驗之談」分為三個重點。一是「學好中文」；二是「別放棄學習樂器」；三是「體會英國人『深藏淺露』(understatement)的特殊性格」。

林山木闡釋「專注」和「勤力」的義理時都用了歷史上或傳說中的人物作為elaboration (詳述)的根據。以〈猴奕〉作「專注」的反面教材最是配搭得宜。大概「家書」下半篇的內容與古人無關，「公公」不再作「有詩為證」，「以古喻今」的論述。

林山木勉勵「番書」小孫女學好中文的話，其實可以看作「鄉間父老」對華人子弟前途所作的「肺腑之言」。難得的是這位「公公」在華語「強勢」的今天並沒有一廂情願強調中文已成為世界上一種與「利」有密切關係的「口袋的語言」(language of the pocket)。「公公」告訴小孫女中國人的智慧絕不在其他人種之下。這正是他頻頻舉列中國古代「寓言」和歷史人物的實事作為論述理據的原因：「用以證明自己觀察的正確性。」

母語與生俱來。生為中國人通曉中文，天經地義。但對一般人而言，所謂「通曉」，僅是日常生活中吸收資訊和與別人溝通的能力。「粗通文墨」應是英文説的 "literacy"。林山木顯然希望他的小孫女將來的中文程度遠超於literacy。要超越這境界，得有個「誘因」。下面這段話，值得抄錄：

二十世紀上半葉赴外國（歐、美、日等）留學的中國學生，大都有不錯的成就（不少且有大成就），所以如此，大體來說，是他們飽讀中國經典後才放洋，有了精深博大國學的底子，他們便能融會貫通，把「西學」據為己用，不少且能成一家之言。事實上，你雖然英文遠勝中文，但要與出世講英文用英文做夢的人競爭，在言文上肯定有點吃虧，要怎樣「補拙」，我想掌握好中文知識，你便有他人所缺的優勢。

林山木在這關節上沒有 elaborate。大概因為二十世紀初葉的留學生中卓然有成的例子太多，怕掛一漏萬。不過總的來說，國人飽讀詩書後才放洋，每能把「西學」據為己有，卻是經得起考驗的論點。福州船政學堂畢業後留學英國學海軍的嚴復（1854–1921），如果出國前中文沒有根底，不會認識到中國人口雖多，然而質素不高，愚昧無知惡性循環，成了「謬種流傳，代復一代」。如果嚴復中文「胸無點墨」，英文再好，卻因不識「國情」，他自英國回來後的身分跟七八十年代在中國大陸「賣藝」卻「不知有漢」的「外國專家」也差不多。這樣子的一個嚴復，諒不會急於「救亡」，不會把翻譯《原富》和《天演論》看作當務之急。當然，我們也沒有忘記，魯迅到日本，原打算是想學醫的。

「公公」的家書要小孫女「學好中文」。這真是一個 tall order，

知難行也不易。中文要到甚麼程度才算「好」？該用甚麼作範本？開口閉口要跟別人「分享」甚麼的算不算「好」中文？這些問題，我想「公公」的小孫女暫時不必理會。她小小年紀，目前這階段最需要培養的是對中文持續的興趣。再過些年，誰有幸當上她的補習老師的除指定她背誦唐詩宋詞外，不妨把金庸的武俠短篇列為她的「課外讀物」，讓她不斷地「追」下去看，讓她感受到**咸陽古道音塵絕。音塵絕，西風殘照，漢家陵闕**」這樣的中文美得可以，值得學好。

國粹・軟刀子・雜說

我手頭上那本 *Merrian-Webster's Advanced Learner's English Dictionary* 居然沒有 "Sinology" 這一條。也許他們的編輯部認為像「漢學」這樣一個不合時宜的名詞，早該淘汰了。別的辭典倒有見載，但只限三言兩語，如朗文的《當代大辭典》：「漢學 (對中國的語言、歷史、文學的研究)」。

洋人眼中的「漢學」跟我們習稱的漢學或「樸學」各有不同，這裏未能細說。總之，在知識專門化、研究科目分工精細各擁山頭的形勢出現以前，"Sinology" 這名詞雖然籠統了點，但對西方知識界的「一般讀者」說來，卻是一個不易取代、粗淺的「行業」指引。幾十年前，幾乎任何研究與中國文化有關的西方學者都可以統稱 "Sinologist"，的確方便極了。

新加坡南洋理工大學關詩珮女士近作〈大英帝國、漢學及翻譯：理雅各與香港翻譯官學生計劃 (1860–1900)〉，文中的「理雅各」就是大名鼎鼎的英國漢學家 James Legge (1815–1897)。理雅各是蘇格蘭人，1876 年出任牛津大學第一任中文講座教授。關詩珮說得對，一般研究理雅各的學者，多注重他在 Sinology 上的特殊

貢獻，但事實上他「對於中英關係、對於大英帝國如何部署及規劃在東方的長遠利益、穩定亞洲各地事務及政情，理雅各其實有更大的影響」。

理雅各活到八十二歲。他的一生在侍奉上帝、無休無止地翻譯中國經典之餘，更沒有忘記盡公民本份，為大英帝國的長遠利益而推動翻譯官的訓練計劃，關詩珮文章談的，就是理雅各構想和執行這計劃的因由始末。為了取得有關史料和數據，她跑到倫敦殖民公署去翻閱各種原始檔案。

本來是倫敦傳道會 (London Missionary Society) 傳教士的理雅各，為甚麼這麼熱心投入中國經典的翻譯？為甚麼想到要在香港推動「香港翻譯官學生計劃」(Hong Kong Interpreter Cadetship Scheme)？

從關詩珮所引的資料看，1843年受教會派遣到香港的理雅各確是一位「國事家事天下事」都關心的讀書人。我在〈翻譯的話語權〉一文曾經提到鴉片戰爭期間英方的譯者，除了羅伯聃 (Robert Thom) 對自己國家武力推銷毒品感到道德厭惡外，再沒有聽到其他譯者的反對聲音。身為知名傳教士和漢學家後人的馬儒翰 (John Robert Morrison)，在1832年怡和洋行找尋合適翻譯人員隨船北上售賣鴉片時，曾表示自己很希望得到這份工作。既然願意隨船北上做溝通，應該不會覺得售賣鴉片給中國人是傷天害理的事吧。

同樣是傳教士的理雅各對武力販煙始終深痛惡絕。他是以「貴格」(Quaker) 教徒為核心會員、以反鴉片貿易為宗旨的 Society for the Suppression of the Opium Trade 的建會會員。理雅各涉足世務，看來習以為常。關詩珮說他來到香港後，一直投入香港民間生活，除民生福利事項如反賭博、防止香港成為販賣苦力的活動外，他特別關注的是香港教育事業的發展。他身體力行，先後在政府教育局 (Board of Education) 分別擔任過成員、董事會成員和主席這種實職工作。

理雅各對香港「世務」之關心，影響較深遠的，應該是他一手策劃和推動的「翻譯官學生計劃」。原來他 1843 年自倫敦抵港後，即開始察覺到，英國人若要好好地管治香港，通曉中國語文的政府官員應佔大部分。英國在鴉片戰爭前並沒有培訓在華官員和管理遠東殖民地官員的長遠計劃。跟清廷官員交涉時的譯員差不多全由傳教士扮演。鴉片戰爭後，英國在華的經貿和外交事務不斷膨脹。因語言障礙而衍生的溝通問題日見複雜。理雅各有見及此，希望把自己提出的翻譯人才培訓計劃納入公務員體制內，以確保香港政府在需要時可以不假外求。

關詩珮文章洋洋數萬言，我特別感興趣的是理雅各給「翻譯官學生」學中文用的是甚麼教材。關詩珮說在英國殖民公署檔案找出來的資料中看不到有特別為課程編寫的教科書，但根據考試

內容及試後的報告所見，理雅各選材可分兩類：第一是宗教類，以新約《聖經》約翰福音為主。第二是中國經書，以四書如《論語》、《孟子》為主。此外還有《三字經》。

從考試的試卷可見，理雅各對「尖子」學生的要求，不下於舊時私塾的老夫子。他往往要求學生把中文經書片段翻譯成英文，同時亦要他們把英文《聖經》翻成中文。在口語訓練上，理雅各要求學生在對話中，除表達流暢，發音標準外，更希望他們在詞彙方面盡量做到多變化。經過半年「地獄式」密集訓練後，「夫子」便派他們到法庭旁聽，每周兩次，以測驗他們聽取傳譯人員和證人供詞的能力。

「翻譯官學生計劃」自1861年起至1900年這三十九年間，香港一共取錄了五十七名學員，可見拔取的確是「尖子中的尖子」。且引關詩珮一段原文：「只要我們舉出幾個曾參與這計劃來華學員的名字，即可了解這計劃對中國的影響力。例如曾在香港二十世紀推行國粹教育，被魯迅大力批判英國殖民者借助中國國粹來麻醉中國人，以求達到管治目的的第十七任香港總督金文泰（Cecil Clementi, 1875–1947），⋯⋯ 就是這個計劃於1899年招募而來的學員。」

關詩珮舉出的另外一位學員是莊士敦（Sir Reginald Fleming Johnson, 1874–1938），他是末代皇帝溥儀的英文老師，比金文泰

早一年來港。莊士敦離開中國後，把見聞寫成 *Twilight in the Forbidden City*（《暮色紫禁城》），「繾綣之情，躍然紙上」。他後來出任倫敦大學亞非學院遠東系的中文教授。

魯迅憑甚麼「批判」金文泰？他在〈略談香港〉（1927）一文引了《循環日報》兩條資料，一是1927年6月24日「金制軍」（即港督金文泰）在督轅茶會中以廣東話發表談話，應合周爵紳（周壽臣）和賴太史（賴際熙）有關「維護國粹」的言論，說明在香港大學成立「華文學系」之必要。金制軍舉出了三個理由：一是在香港的中國人「要顧全自己祖國學問呀」；二是「中國人應該整理國故呀」；三是「就係令中國道德學問，普及世界呀」。

金文泰談話次日，《循環日報》有報導說：「賴際熙太史即席演說，略謂大學堂漢文專科異常重要，中國舊道德與乎國粹所關，皆不能緩視，……周壽臣爵士亦演說漢文之宜重於當世，及漢文科學之重要，關係國家與個人之榮辱等語。」

金文泰鼓勵中國人發揚「國粹」，是否可用「陰謀論」來解釋，當然值得討論，但我們不應忘記的是，他在「翻譯官學生」時代接觸的中國「國故」，是《論語》、《孟子》和《三字經》這類「封建」教材。正因外國人可以對「九州震盪風雷急」的中國政局置身事外，才會對我們的「國故」發思古之幽情。難怪西風殘照下的紫禁城，在莊士敦筆下盡見「繾綣之情」。

客觀地看，金文泰的「復古」言論，放在歷史的框架中，是一個「時代的錯誤」。1927年2月19日魯迅以〈老調子已經唱完〉為題在香港青年會發表演說。他破題就說：「凡老的，舊的，都已經完了！這也是應該如此。雖然這一句話實在對不起一般老前輩，可是我也沒有別的法子。……中國人的文章是最沒有變化的，調子是最老的，裏面的思想是最舊的。但是，很奇怪，和別國不一樣。那些老調子，還是沒有唱完。」

　　老調子將中國唱完，但仍可繼續唱下去，因此有人覺得這調子不壞，你看，蒙古人和滿洲人先後統治過中國，最後不是如給我們同化了麼？魯迅的解釋也夠刻薄：「原來我們中國就如生着傳染病的病人一般，自己生了病，還會將病傳到別人身上去，這是一種特別的本領。」

　　魯迅認為，中國的老調子在元朝和清朝還沒有唱完是因為「他們的文化比我們的低得多」。蒙古和滿洲文化不能跟西洋文明相提並論。英國人對我們身上的傳染病有免疫能力。金文泰的言論為甚麼應該「批判」？因為倘若英國人「比我們更聰明，這時候，我們不但不能同化他們，反要被他們利用了我們的腐敗文化，來治理我們這腐敗民族」。

　　看日期，魯迅這篇演講詞比金文泰在督轅茶會上的發言早四個多月。由此可見兩個不同膚色、不同身分的讀書人對「整理國

故」看法的差異。「金制軍」演說詞的結尾還引了一本中國留學生辦的雜誌封面題詞「貢獻」給在場的聽眾：「懷舊之蓄念，發思古之幽情，光祖宗之玄靈，大漢之發天聲。」

魯迅發覺制軍記憶有誤。這四個集《文選》的句子不是出現在《漢風雜誌》上，應是《漢聲》。制軍引文也有脫落，魯迅給他改正過來：「**擄懷舊之蓄念，發思古之幽情，光祖宗之玄靈，振大漢之天聲。**」

理雅各對為大英帝國殖民地培訓翻譯人才的計劃，一直念念不忘。他出任牛津大學首任中文教授的 Inaugural Lecture 即就這題目發揮，鼓勵年輕人參加。他一再強調「牛津大學不應只為培養居於大學象牙塔的學者而設，年輕學子應通過學習中國語文及文化知識，參與大英帝國遠東事務」。

理雅各的「翻譯官學生計劃」實施期間，英國的政界、外交界和商界，對通曉中文的翻譯人才，爭相羅致。粗通華語是一大資產，有利仕途。學員一完成課程後，幾乎都可以「搖身一變」成為政治架構中的中堅分子，出任高官如「布政司」（colonial secretary），或「撫華道」（Chinese protector）。其中有些還未完成課程時已被大商行如怡和「獵了頭」。學員毀約要罰款，區區小數，商行樂意支付。

這些學員中職位最顯赫的當然是「金制軍」。我們以他的言行

來觀照理雅各「計劃」的成果,恐怕得用舊小說的套詞「話分兩頭」來解說了。先說魯迅的立場。太明顯不過了。他「批判」制軍的言論,反映的是「五四新文化運動」的主流思想。「國故」抱殘守缺。再引魯迅的話。「國故」這些「老調子」可怕的地方是因為這是「軟刀子」,像明朝的賈鳧西的鼓詞裏說的:「**幾年家軟刀子割頭不覺死,只等得太白旗懸纔知道命有差。**」

金文泰是大英帝國殖民地商官,除《聖經》外也讀線裝書。不管他私底下對五四運動的印象如何,就他的身分而言,他斷不能參加北京大學學生遊行、高喊「打倒孔家店」的口號。這樣看來,要是理雅各當初推動「翻譯官學生計劃」是為殖民地政府儲備人才,他目的是達到了。他採用「四書」作教材,也是順理成章的事。不讀《論語》、《孟子》,難道教學生唸李贄的《焚書》、《續焚書》?

拿美國六七十年代左傾「知識人」的行話說,理雅各關心、投入社會的活動,在他們眼中一定是個 Concerned Scholar。理雅各教授真是精力過人。「四書」、《道德經》、《莊子》之外,他居然還找出空檔翻譯《太上感應篇》這類「經典」以外的文字。理雅各身兼傳教士、Concerned Scholar 和漢學家三種身分。單以 Sinologist (Sinologue) 的標準去衡量,他已成就驕人,這輩子沒白活。

五六十年代的香港,街頭常見政府的告示,其中有警世的詩

句：「隨地吐痰乞人憎，罰款千元有可能」（下面兩句記憶可能有誤，不列）。也見「嚴拿白撞」和「行人沿步路過」的指示。這些告示的原件想為英文，後改為廣府話。「乞人憎」挑動港人的自尊心，比光禿禿的英文 "No Spitting" 見文采多了。「嚴拿白撞」該是 No Trespassing 吧？都跟「翻譯官」計劃無關，不瞎猜下去了。

分享何時了

　　清末民初，從東洋西洋作品翻譯過來的「域外小説」盛極一時。既是舶來品，自然夾雜着好些新名詞、新術語。以翻譯《巴黎茶花女遺事》名噪一時的林紓有感歐風之鋭不可擋，喟然曰：**「吾中國百不如人，獨文字一門，差足自立，今又以新名詞盡奪其故，是並文字亦亡之矣。嗟夫！」**

　　陳平原教授説得有理，晚清時期的「衛道之士」攻擊新名詞、新術語者大有人在，但「別人還好説，林紓如持此論可就不大好交代」。林紓譯的域外小説，新名詞屢見不鮮。"Sweetheart"在他譯筆下變了「甜心」。新名詞代表新意念、新事物。"Sweetheart"吾國本已有之，「情人」、「戀人」、「心上人」、「意中人」均無不可，林紓不從俗，諒因「甜心」勁帶異國情調也。

　　新名詞來勢洶洶，所向披靡，最教人失笑的，是自己以為清白，寫的是純正中文，一直要扮演官兵去捉拿「雜種中文」的強盜，誰料攬鏡一照，自己原來也不見得規矩。且引用陳平原在《二十世紀中國小説史》中一條有助觸類旁通的註。

端方批某生課卷，謂其文有思想而乏組織，惜新名詞太多」，殊不知「思想」、「組織」即為新名詞；（柴萼《夢天盧叢錄》）張之洞「凡奏疏公牘有用新名詞者，輒以筆抹之，且書其上曰：「日本名詞！」後悟「名詞」即新名詞，乃改稱「日本土語」。（江庸《趨庭隨筆》）

張之洞等「國粹派」，用王國維的話說，欲張天眼抓文字孽種，可憐自己也是半個孽種。陳平原說翻譯「域外」小說固然得用外來語，即使原作也難免新名詞。林紓的《巾幗陽秋》（後名《官場新現形記》），內文新名詞如「總統」、「租界」、「憲法」、「國會」、「議員」等多不勝數。

離世多年的老前輩思果（蔡濯堂），一生致力散文創作和翻譯事業。他心目中的白話文範本離不開《紅樓夢》、《儒林外史》和《老殘遊記》等經典小說。蔡先生苦學出身，中英文都憑自修得來。對「你能讓我請你出去吃晚飯麼？」這種「歐化」中文，深惡痛絕。他文章一再申述，中文的基本語態是 "active voice"。「孩子踢球」說得自然，改為「球被孩子踢」就不倫不類了。

故人已成故友多年，要是思果今天仍在，面對我們朝夕相處的漢語媒體文字的「生態」，不知作何感想。事隔一個世紀，有關名詞的血統問題，大家早已一笑置之了，還有甚麼「華夷之別」，

你説是不是？「生態」一詞原非國有，準是 "ecology" 這個「番文」引進來的。雖然不能看作直系親屬，但彼此相安無事，再説長相又不似「煙士披里純」(inspiration) 那麼「洋」出味兒，我們何不放開懷抱把「生態」收養下來？

但我想思果老兄泉下有知，看到時下一些刊物把中文習慣明顯該用 "active voice" 的句子改成 "passive voice"，一定會瞠目結舌，連呼「人間何世！人間何世！」。「被失蹤」、「被自殺」不久後又聽説「被和諧」，這算甚麼話嘛。但這不能怪他老兄的，我們的「國語」隨着「國情」與時俱進。他不問世事，就不會知曉「被自殺」是怎樣完成的。

中文「歐化」(其實是「英化」)勢不可免。如果個案柔順如「生態」者，一一歸化就是。可惜有些名詞翻譯過來面目太「異形」，一看就知不是漢家兒女。像「挑戰」、「分享」、「驚喜」。陶傑在〈變酸了的中文〉説得直接了當，當代中文之所以「變酸」，因為懶惰。「這種懶惰，表現在翻譯上更為明顯。」機械地對號入座的結果是，凡 commitment 必「承諾」、凡 encouraging 必「令人鼓舞」諸如此類的「機械性」翻譯。

老派中文本來不時興説「性」的。不是 sex 的性，而是以 suffix 突顯出來的「性」，即 -bility 是也。陶傑舉的惡例：「這個計劃的可行性值得作出研究。」「可行性」者，feasibility 也。《朗文當代大辭

典》用的例句是：We're having a feasibility study done to find out if the plan will work. 中譯是：「我們正對這個計劃能否實現進行可行性研究。」

你看，積習難改，連辭典也難逃污染，好像不突出「性」就沒盡翻譯的本份似的。這句話，可不可以簡單地説：「我們正研究這計劃能否實現。」因為「進行可行性研究」這種説法的「可笑性」實在太高了。

近日古德明在其〈征服英語〉專欄中談翻譯，用了讀者提供的吳靄儀大律師〈為終院裁決而歡呼〉一文作論述根據。這位讀者把原文再加上他用Google translate的譯文傳給古先生。

原文：

The bedrock of our democracy is the rule of law and that means we have to have an independent judiciary, judges who can make decisions independent of the political winds (that) are blowing.

Google譯文：

我們民主制度的基石是法治，這意味着我們必須有一個獨立的司法機構，法官雖可以作出決定，獨立的治國風正在吹。

在舉出古德明的修正本前，先請注意independent這個字在原

文句子中出現了兩次。Independent如果後面不跟of，可解作「獨立」或「自主」等。如是independent of，則有「不受影響」、「不受控制」的意思。也許Google的操作約定俗成，所以把judges who can make decisions independent of the political winds (that) are blowing 譯為「獨立的治國風正在吹。」(註：古德明說讀者給他的這句英文，漏卻括弧中的that字。)

古德明附上自己的翻譯：「**我們民主制度的基礎，在於法治，即司法必須獨立，法官判案，必須不受當前政治左右。**」把 independent of 譯為「不受……所左右」是一個深思熟慮的決定，效果比「不受影響」或「不受控制」切題。

英文的單字，有些可以不加思索地依辭書所說搬過來，如見 share 就「分享」，見 surprise 就「驚喜」，雖然俗套，但最少不致誤導讀者。但有些字滑如泥鰍，刻板式的翻譯可能會鬧大笑話。就引 decent 為例。A decent night's sleep，一夜好睡。A decent man，正人君子。但一間公司有職員犯錯，之後 he did the decent thing and resigned，這句話用中文該怎麼說？《牛津高階英漢雙解詞典》的中譯為：「他做得很體面，辭職了。」

設想另外一個場景。一對美國夫婦，居住在獨立的郊外房子，一天突有不速之客按門鈴。丈夫正在客廳讀報，太太在睡房整理衣着。丈夫正要站起來應門，突然想到甚麼似的，揚聲問太

太：Honey, are you decent?

　　這個場景，是在一部美國電影出現的。事隔多年，片名和演員的名字都忘了，只記得這句話在字幕上的中譯：「甜心，你是不是正派的？」這是很明顯的「對號入座」的誤譯。

　　丈夫問太太 Are you decent 究竟是甚麼意思？這得看落在甚麼「場景」才能決定。不速之客按門鈴，丈夫怕太太「衣衫不整」不知就裏冒失地跑到客廳來才有此問。Are you decent 的意思摸清了以後，要譯成相當的口語中文，又得費思量。譯者該問：這是一部甚麼類型的電影？丈夫是個甚麼樣的人？是不是老粗？平日跟太太說話會不會流露一些「英式幽默」？這些因素一一考慮過後，才能決定怎樣措詞。（上面我們看過《牛津高階英漢雙解詞典》把在公司犯錯的職員 did the decent thing and resigned 譯為「他做得很體面，辭職了」。在這句子裏，我倒覺得 decent 不是體面不體面的事。Did the decent thing 是做了該做的事。）

　　在文字早成商品的今天，一切講求「機會成本」。寫文章一字一句地推敲，太奢侈了。近讀夏志清編輯的《張愛玲給我的信件》，才幾十頁，就見 -bility 連篇。「過幾天行李運到後，等我拿出來看看，如有可能性，當寄來給你……。」跟着又看到「故事性」、「戲劇性」和「可讀性」的接連浮現。怎麼搞的？張愛玲的小說，文字一向乾淨，寫起信來可能太 relaxed 了，就見沙石。「如

有可能性」刪去「性」，甚至連「有」也刪掉，就說「如可能」，清爽多了。正如把 If there is a possibility 改為 if possible 一樣收到去冗詞之效。

今天大家都忙，哪有前人的閒情在文字上斤斤計較。「分享」、「驚喜」多說就俗，但終歸是「實用中文」，只求達意，就完成任務了，是不是？「**分享何時了，驚喜知多少**」，大家能過太平日子，就好！

The Knight of Sorrowful
Countenance

　　上世紀七十年代中，我因朋友之介，得跟徐訏先生見過一面。我們相約在一家咖啡館見面。坐下後不久，徐先生就問我，夏志清先生為甚麼沒有在他的《中國現代小說史》討論他的作品。我聽了一愕。當時怎麼回答他已不記得了，但相信場面一定很窘，很窘。

　　《小說史》原為英文著作，1961年耶魯大學出版。後來中文版的翻譯工作，是我和幾位朋友合力完成的。徐先生問我為甚麼他榜上無名，想是隨便問問而已，因為他應該知道譯者對作者的選材，無權過問。夏先生也從來沒有向我提過，這位在四十年代中憑《風蕭蕭》一書譽滿大江南北的「流行小說」作者為甚麼「名落孫山」。

　　小思有一篇文章說徐訏曾在1963年到新亞書院開過現代小說的課。她去旁聽了，看到他毫無表情的樣子，低沉的聲音，嚇怕了學生。她自己聽了幾堂課也沒再去了。徐老師沒有見怪，反而常常找她去喝咖啡。他喜歡的咖啡館是灣仔高華酒店。小思追憶說「第一次見他進來，竟戴上白手套」。更奇怪的是他坐下來，跟

小思面對面也沒太多話講，「偶然會嘆氣說香港沒可交的朋友，說文壇乾枯」。

看來跟徐先生在咖啡館見面的經驗，我比小思幸運，因為他找我「聊天」，主要是想知道為甚麼夏先生「有眼無珠」，所以大家坐下來談時，總有個話題可以聊聊。相對來講，枯坐老師面前，看着他的 coffee spoon 攪拌黑色的液體，聽他抱怨香港無可交的朋友，文壇不長進，等等，等等，又不能開小差溜脫，看來真是一個生命難以承受的悶場。

徐訏那天跟我在咖啡館見面，初進來時手上有沒有戴着白手套，不記得了，大概我的注意力給他瘦削而稍見苦澀的面孔吸引了。在此以前，我從沒跟徐先生見過面，也沒看過他的近身照，為甚麼跟他握手後竟有「似曾相識」的感覺？跟他道別後，在回家的路上，我突然有電光火石的認知：對了，徐先生跟我在美國一家書店偶然看到的《唐吉訶德》小說封面人像繪圖多麼相似！書面上的 Don Quixote，橫戈躍馬，一臉憂傷。鄉間父老暱稱他為 The Knight of Sorrowful Countenance（「憂容武士」）。

除了 countenance 顯得神傷有點相似外，徐先生跟大戰風車黨三百回合的西班牙「騎士」Quixote 拉不上風馬牛的關係。一個人神色憂傷，照理說不會有心情鼓吹「一點正經都沒有」的幽默書寫的。想不到徐先生在港創辦的一本刊物竟然是《幽默》。《幽默》是

半月刊，1952年面世。小思因知此雜誌不易見到，從代發刊詞的「本刊十則」抄錄了五條給我們參考。

> 一：本刊不專刊幽默文章，亦不信幽默醒世與幽默救國。
>
> 二：本刊不求名達於權威，但求無過於庶民。
>
> 四：本刊不事神或主義，但不反對別人拜神拜鬼或拜物。
>
> 八：本刊在近代醫學上的兩派意見中，相信睡眠重於運動。
>
> 十：本刊不信鬼，但怕鬼，見鬼則停刊。

一篇打着「幽默」招牌的雜誌的發刊詞，除了「言志」外，也應趁便就幽默的語言風格作些示範吧？但試看以上五條，除「睡眠重於運動」一說稍見出人意表外，此外可說了無新意。文字確也索然無味。

看來徐先生自己對幽默這回事也不太熱衷。論者慣把徐訏看作典型的「洋場才子」，作品浪漫得可以。我自己在「不識愁滋味」的年紀愛看徐訏。那時候還沒有人跑出來當語言 police，修辭語法，悉隨君意，你愛怎麼寫就怎麼寫吧。徐訏小說當年吸引了不少 prefer coffee to tea 的「粉絲」，因為他作品混含了不少「洋味兒」。更教粉絲意亂情迷的是他精心經營的「歐化」場景和句子。但見 boutique coffee shop 內一少婦托腮枯坐窗前，愁對滿園秋色，手上銀匙不斷攪動杯中液體，似有重重心事。突然有不速客上前

跟她搭訕：「小姐，我可以坐下來幫你驅走寂寞麼？」

把「寂寞」擬人化，成為可以驅逐的對象，這說法很cute，但不是我們尋常百姓家用的語言，people just don't talk like that。徐先生「搞」幽默，搞不好，想來因為氣質不對。小思初讀《幽默》的「十則」時，年紀輕輕，不明「十則」中「見鬼則停刊」何所指。徐先生若稍懂humor，說不定會給晚輩說幾句風趣話。但你猜徐先生怎麼回話？「只見他木無表情說：『你年輕，沒見過鬼。看我寫的〈人類的尾巴——魔鬼的神話〉吧。』」小思找來看，還是不懂，又不敢再問他。後來，上了些年紀，終於明白徐訏所說的鬼是甚麼了。

徐訏在民國時期跟林語堂時有往還，看來在氣質上沒有受到「幽默大師」甚麼影響。林語堂辦《論語》，名字正兒八經，內容荒謬絕倫。為甚麼男人有喉核而女人沒有呢？據林大師說，阿當初嚐禁果時，心中害怕，所以吃得半吞半吐，部分因此塞在喉中，這就是Adam's Apple的由來。夏娃吃得比較自在，蘋果全落腹中，「變為子宮。聽說婦人分娩之苦，月經之髒，皆因吃此蘋果上帝故意責罰所致」。

此即假幽默之名行胡說八道之實的一個例證。林大師獨領風騷的文字，有幸出現於民智未開的時代。這些拿男女有別的生理狀況來開玩笑的「笑話」，若在今天出現，不給婦運分子鬥垮鬥臭

才怪。其實，尋人家開心也不是沒有風險的，看你對着做鬼臉的人是甚麼來頭。林先生千不該萬不該的是對着拿槍桿子的老祖宗來開玩笑。《論語》列出來的戒條中有一條這麼說：「不評論我們看不起的人，但我們所愛護的人要盡量批評。」

這不得了。除幽默外，還附帶推銷「打者愛也」婆婆媽媽哲學：打在孩兒的屁股，疼在娘的心裏。林語堂的如意算盤不外是：捱罵的當權派若看了這則「戒條」，應該不會翻臉，因為，人家瞧得起你才罵你。發表在《論語》的文章，有一篇叫〈蔣介石亦《論語》派中人〉。蔣公看了，不知有何感覺。會不會覺得既能與《論語》中人稱兄道弟，身價自然從此升「呢」(level)？我們所知的是，掌握生殺大權的非《論語》中人覺得林語堂這廝並沒有甚麼好玩。就這樣，民國十五年(1926)，段祺瑞政府下令通緝四十八名文化教育界人士。我們倡導現代《論語》的林夫子榜上有名。

在禮樂未毀的時代，中國人幼承庭訓，謹言慎行慣了，再斗膽，在公共場合也不會口沒遮攔，說出像「演講應該像女子裙子，越短越好」的話。"Humor" 本來不是國貨。也不知是不是湊巧，百年來文章寫得常教人忍俊不禁的知名作家都慣於崇洋媚外，多多少少喝過些洋墨水。我一直迷重慶雅舍時代的梁實秋。他文字少見廢話。且聽他在〈廢話〉一文道來：「常有客過訪，我未開門，他第一句話便是：『你沒有出門？』我當然沒有出門，如

果出門，現在如何能為你啟門？」

台灣詩人管管，真酷，在〈癖〉一文坦坦蕩蕩地告訴我們：「狗都有癖，人怎可無癖？有人有殺人癖，我無。我有文癖。」甚麼是「癖」？大概是「偏愛」吧，因此他「癖老子的無用。癖莊子的逍遙」。看來管管跟我們有同好呢，因為他說：「我癖梁實秋的雅舍。我癖林語堂的雜文。我癖沈從文張愛玲。我癖汪曾祺的小說。我癖吳魯芹張曉風的散文。」

吳魯芹（1918–1983）是我在台灣大學唸書時的老師，授英美散文和西方文學批評的課，生性曠達，沒有自高身價的習慣。一個人，要是太瞧得起自己，是不會自謔的。吳先生不少好文章，都是「以身作則」，拿自己來開玩笑。老師在〈六一述願〉一文說過，自己在花甲後的歲月，應該叫「餘年」，因為他那一代的人，飽經戰亂，能倖存下來，應視為「份外的紅利」。

一個人勞碌一生，屬於自己的時間實在不多。我們進學堂讀自己討厭讀的書，本想拉倒，但怕父母傷心。出來打工，每遇挫折，就想「引退」，但想到家中老少會因此衣食無着，只好啞忍。幸好這些都已安然過去了。「餘生」應該是自己的了。

魯芹先生因此寫下這一名句：「我已經過了六十了，不能再這樣規矩下去了。」

吳先生文筆瀟灑，因為人開豁。在一次聚會中，有記者跟他

談到生死問題，他說的真的一鳴驚人，自己死後，「但求速朽」。乍聽起來，這句話一點也不好玩，但你要知道，吳先生大半生是在台灣過的。那年頭，在「慶生」場面大家善頌善禱常聽到的話是：「福如東海，壽比南山。」吳教授說話煞的是自己的風景，除他自己外再沒傷到別人，可說無傷大雅。或可看作「另類幽默」。

說來說去，我總覺得，愛戴白手套的徐訏，儘管寫言情小說自得風流，但因身上缺少 the art of irrelevance 的基因，實在不合從事顧左右而言他的幽默勾當。

Howard 原來是浩文

　　葛浩文是 Howard Goldblatt。或者說 Howard Goldblatt 是葛浩文。聽他說這名字是初學中文時老師給他起的。他在印第安那大學修讀博士學位，師從柳無忌教授，專門研究東北作家蕭紅。如果不是他在台灣前後客居多年，「葛浩文」這個名號諒也不會派到甚麼用場。人在寶島，要融入當地人的社會，讓人家「浩文兄」、「浩文兄」這麼親熱地搭訕着，當然比詰屈聲牙的 Mr. Goldblatt 容易交到朋友。

　　自莫言登了諾獎的廟堂後，作為他作品在英語世界的「代言人」，Howard Goldblatt 自然比葛浩文「吃得開」。葛浩文的中文書寫，數量不多，作品多發表在台灣的《聯合報》和《中國時報》的副刊上。我跟浩文兄相識三十多年，可是因為一直久居美國，沒有機會看到他刊登在台灣報紙的文章。

　　如果不是大陸一家出版社要替他出版「葛浩文文集」，我也不會有機會看到老葛用方塊字寫成的文章。書還未出版，我有幸先看到校樣。文集的編排，我首先注意到的是「散文」這一輯。散文這個文類，真是海納百川，名稱也多樣，說是「小品」固然恰當，

改稱「隨筆」也適宜。「雜文」呢？也無不可。老葛的散文，既有正兒八經的紀念師友言辭，更少不了的是中西散文傳統這個源遠流長的題材：作者個人身邊瑣事。

光看〈稿費‧倉鼠‧狗〉這個題目，你就知道浩文兄要跟我們閒話家常了。文章是這麼開頭的：「我是一個樂於爬格子的人——文章寫得好不好我都不管：我是『有話說，便說話』的信徒，而不一定作個胡適先生的『須言之有物者』。」在文內他自稱是「格子蟲」，為賺稿費，「筆耕」得很辛苦，不到一千字的文章要賠上整整一個晚上。且說老葛的女兒一天晚上氣急敗壞地告訴父親說：「爸爸，我們養的小倉鼠病了，頭上長了些很可怕的東西，快來看看！」

小動物名叫「絨毛」，Fluffy，獸醫看過後說頭上長了「可怕的東西」是癬，病情相當嚴重，用過藥後三四天要回去覆診。誰料小動物等不及覆診就死了。老葛的寶貝女兒因此哭得死去活來，不在話下。診金三十三元五毛，可知小倉鼠是在七十年代的美國入土的，因為今天看甚麼醫生都不只這個價錢。倉鼠說過了，那麼「稿費」和「狗」呢？說來湊巧，倉鼠看病那天他剛收到台灣報館寄來的稿費，他花了兩天時間爬格子賺來的稿費。此文結尾前後呼應。浩文兄說「走筆至此，現在把這篇短文快快結束，投到報館，這樣，說不定早日可收到第二次的稿費」。急甚麼？因為

小倉鼠走了，家裏還有一條小狗，最近行動失常，説不定要看獸醫。看來浩文兄説得有理：「爬格子的動物對爬行動物的同情心畢竟不同，病也能相憐的」。

說起來，浩文兄是我的「學弟」，因為我也是印第安那大學畢業的，但一來我比他早幾年拿到學位，二來我主修的科目是比較文學，導師是奧尼爾專家 Horst Frenz 教授，因此浩文兄雖是我的同學，卻無緣在一起上過課。不過我們卻有一位共同的老師：柳無忌教授。無忌先生是「南社」發起人之一的柳亞子哲嗣，耶魯大學英國文學博士，大陸「易手」後留在美國教中文。柳先生恂恂儒者。現在讀了浩文同學〈追憶柳無忌教授〉這篇收在他「文集」的文章，始知他畢業後選擇了「我譯故我在」的學術生涯，這種興趣應該是在選修柳先生的課時培養出來的。他跟柳先生唸過《西遊記》、古典戲劇和現代文學。他説「這些課程對我的事業(作為研究生和作為學者)的影響遠遠超過我當時的了解 —— 那是非常之大的」。

浩文學弟「迷」上了《西遊記》，讀了阿瑟・韋利(Arthur Waley)的節譯本，對唐僧西遊取經的故事極感興趣，後來繼續閱讀有關著述，其中包括楊景賢的元雜劇《西遊記》。楊景賢本為蒙古族人，《錄鬼簿》説他「善琵琶，好戲謔」。浩文同學以雜劇《西遊記》為研究對象，給柳先生的課寫了一篇論文。老師看了極為欣賞，

鼓勵他修訂後拿到學報發表。他依指示做了，文章也發表了。

葛浩文是柳先生的博士生，柳先生除了指導他的功課外，還得操心替他寫推薦信申請獎學金和找差事。葛浩文說得好：「他為我寫了那麼多信——那是在電腦之前的時代——我怎麼報答他呢？」無忌老師也答得好：「有朝一日你也可以為你的學生寫信。」

「葛浩文文集」所收的文類，以有關翻譯的文章篇幅最長。文章的格式是「答客問」式的對談。這一輯的文字有五篇，其中一篇叫〈我譯故我在〉。初看時我以為這一定是「手民之誤」。後來看了內文，始知這是浩文同學刻意改寫法國哲學家笛卡兒的名言「我思故我在」得來的「異文」。

在研究生時代，翻譯對葛浩文來說是一門功課。但往後的幾十年，這門功課已經轉變成為嗜好，愛得「喪心病狂」。思之念之，無日無之。

在〈我譯故我在〉一文跟葛浩文對談的是季進，裏面一些葛浩文答客問的關鍵話在此應該引出來，用以說明「我譯故我在」的原意。葛浩文說：「翻譯這玩意，一言難盡啊。我像個鯊魚，你知道鯊魚要不停地游動，一旦停止就死了。我做翻譯就是這樣，一定要不停地翻，一旦沒事幹，沒有貨了，沒有小說翻了，恐怕就要歸西天了，是吧？所以我說『我譯故我在』。」

其實，只要我們對翻譯《茶花女》故事的林琴南的生平略知一二，就不會覺得葛浩文對「不翻譯何以遣餘生」的投入有甚麼特別之處。林琴南不諳外文，他翻譯的西洋文學作品大小百餘種，都是靠朋友口述給他聽的。《茶花女》一上市，馬上紙貴洛陽，引得嚴復感嘆說：「可憐一卷茶花女，斷盡支那蕩子腸。」茶花女悲涼的身世，林老先生經朋友傳譯聽來，令他感動五中。我們可以想像，他一定是噙着一把眼淚一把鼻涕去翻譯的。

葛浩文翻譯了莫言十多部作品。最先引起他注意的是《天堂蒜薹之歌》，覺得很驚訝，也很喜歡，因為故事中的愛與恨很能打動人心，農民的處境讓人感同身受。他寫信給莫言，說要翻譯這本小說。莫言回信說「好」，但老葛這時正在看《紅高粱》，沒看幾頁，就坐不住了，馬上告訴莫言，《天堂》是很了不起，但作為第一本跟西方讀者見面的作品，應該是《紅高粱》。於是先翻譯了《紅高粱》，然後是《天堂蒜薹之歌》，跟着下來的是《酒國》、《豐乳肥臀》和《生死疲勞》等。

跟他對談的季進這時插嘴問：「好像莫言的作品銷得蠻不錯？」

葛浩文答道：「也就《紅高粱》最好。我查了一下，已經發行到兩萬冊左右了。雖然是印了十幾年累計的數字，但中國文學的翻譯能夠到兩萬冊，我已經很高興了。」〈我譯故我在〉一文原載

於《當代作家評論》，2009年第六期。事隔四年多，《紅高粱》的銷售量應該超過兩萬冊了。如果葛浩文不是出道以來一直在大學任教，翻譯這個「活」，無論他愛得怎麼「喪心病狂」，也是幹不下去的，因為英譯中國文學的作品，無論怎麼「暢銷」，單靠版稅的收入，不足以養妻（夫？）活兒。那為甚麼還有人看來樂此不疲？那有甚麼話說，他們是「自投羅網」。再說，翻譯雖然沒有甚麼經濟效益，但在夜雨秋燈下，如果能像林琴南那樣投入《塊肉餘生記》中人物的身世，耳聞筆譯時悲從中來大哭一場，證明自己慈悲之心未泯，靈魂也因此得救了。

從事翻譯的人，不必作甚麼「犧牲奉獻」。於人於己都應當有利。浩文兄可不是說過麼，不翻譯，他就會上西天了。翻譯其實也可以是很好玩的事。

葛浩文的極短篇

　　葛浩文即 Howard Goldblatt。聽他說是初學中文時一位老師給他取的名字。他在印第安那大學唸書時師從柳無忌教授，對蕭紅的著作和身世情有獨鍾，後來以她的作品為基礎寫了博士論文，也從此開始了教學生涯。離開課室後他一有空當就翻譯中國現當代小說。用功之勤，的確可以說數十年如一日。

　　自從科羅拉多 (Colorado) 大學退休後，他專志翻譯，其中一項最大的工程是把莫言的代表作輪迴轉生為英語說部。任何作家拿到諾貝爾文學獎靠的都是自己功夫，但因為諾獎評審諸公的母語是瑞典文，通曉的外語不離英、法、德這些「強勢」語言，要衡量一種「冷門」文字寫成的作品的藝術價值，只能通過翻譯。

　　譯者的身分，是撮合兩種語言的媒人。譯出來的東西一鳴天下響，光榮是屬於作家的。譯者可以酸溜溜地說他幹的活是「為他人作嫁衣裳」。但說句公道話，一個譯者鎖定了一位心儀的作家來專注翻譯，說是「慧眼識英雄」也不為過吧。如果這位作家通過翻譯而得在世界文壇「揚名立戶」，譯者就是個不折不扣的 Kingmaker（造王者）。

《百年孤寂》的作者馬奎斯拿到了諾獎後接受傳媒訪問時曾說，這本小說英譯本的文字比西班牙原文漂亮。這位譯者是Gregory Rabassa。馬奎斯公開對外界這麼說，等於肯定了Rabassa造王者的地位。

　　我跟「葛老」認識多年。一向以為他除了translate、translate外再無其他嗜好。最近有機會跟他在香港見面，才得知他此外還偷偷地寫了好些flash fiction，也就是跟袁瓊瓊的「極短篇」作品類型相似。

　　鄭樹森教授翻譯了好些保加利亞猶裔德語作家卡內提 (Elias Canetti, 1905–1994) 的小說，收在《耳聞證人》這集子內。我引他「譯後記」的幾句話作為我翻譯了葛浩文三個短篇的「前言」。

　　所謂「極短篇」或「小小說」這種文類，作品「異於一般短篇的，並不是長度，而是其獨特的表現手法。……這些作品的內容當然荒誕不經。……作家在處理荒誕的情節及人物時，是視為日常生活的一部分。在現代德語文學裏，這種手法裏的超寫實，大概要以卡夫卡的作品為濫觴」。

　　我從葛浩文的flash fiction中選譯了三個我認為極得「小小說」神髓的代表作，以此就正方家。

不見了

　　她清楚記得，早上出門時，她的脖子還在身上的。只是現在不知在哪兒了。她在腦海中重組往療養院探望健康日壞、生命危在旦夕的年邁姑母所走過的那一段漫長的路。回程時，巴士顛簸不已，馬路兩旁盡是泥濘不說，還差點兒被一輛載着一家四口的摩托車撞倒。脖子掉下來時她該感覺到吧？或者脖子墮地時她應該聽到聲音。或者有路人看到這種情景時曾經呼喊過引她注意？但這都沒有發生啊！出門時脖子還是好好的，只是回家時就不見了。是不是那陣寒意、或下巴與胸骨磨擦的感覺引起她注意到自己身體起了變化？她實在說不出來。她沒有感到驚慌，也沒有發出痛苦的尖叫。她只是好奇，推算着脖子的失蹤究竟是怎麼一回事。

　　她聽說過曾有路人甲在俄國看到一個人的鼻子在街上蹓蹓躂躂。也讀過在某處有一個藝術家在不明不白的情形下失去了一只耳朵。脖子的長相雖然沒有甚麼地方值得稱道，但其支撐身體關節的功能，有目共睹，一時一刻都缺不了。她相信發生在自己身上的是一個絕不尋常的、如果不是空前絕後的經驗。說起來失蹤的還有一條貴重的圍巾，但這倒是可以再買新的。她到屋子內取下一件高領子的外衣。穿上時注意到從一個新的角度看東西，樣

子都會不一樣。這是她在扭動頭顱左右兩邊看時的發現。她的頭幾乎可以作一百八十度的轉動。這夠神奇了，她自言自語地説。但頭顱可以左右移轉，卻不能上下伸縮。一旦外觀平常的脖子失了蹤，她再也不能仰視星象，或低頭小心走路。她非得把脖子找回來不可。

她走到門口，感覺到步伐有點僵硬。她試着往下看看兩條腿，但我們已在前面説過了，她就是不能往下瞧。她移身到走廊上的鏡子照照看，這才發現自己的膝蓋也不見了。怪不得剛才挪動着身子到鏡前來每一步都痛入心脾。現在她的腳是大腿和小腿拉成的一條直線。出奇的是腳尖幾乎看不到腳趾。

這下子她驚慌了。可怕的不但是接二連三地失去身體的零件，更糟的是她連去找尋失物的能力也喪失了。

有人敲門。她拖着像在冰上走路的腳步慢慢移到門前，這才發覺自己夠不到門上窺視鏡的高度，因此不能看見站在門外的是誰。她打開門，門前站着一個男子，手上捧着一綑紅斑斑軟溜溜的東西。原來是條脖子呢！她太興奮了，既沒有謝過來人，也沒有提問一些她應該想到的問題，就一聲不響從那漢子手上取下自己失去的脖子。但手上的東西圓滾滾的，光滑無痣……這不是她的頸項。

天曉得

　　我翻譯過一篇關於一個在巴士上的女人的故事。她坐在靠窗的位子，哭得停不下來。她沒有嚎叫，也不搶地呼天，只是低聲、靜悄悄的，但誰也看得見、聽得清楚的哭着。她的頭埋起來，肩膊一起一伏，雙手看似攔在膝上，可能緊握着，我無法確定。我現在僅能想到的是巴士很擠。靠近她的通道上有好幾個男子站着，但誰也不敢坐下來。我怎知道？因為我看到了。我自己怎麼說也不會坐在那空位子上。萬一人家以為這是我作的孽怎辦？但她究竟怎麼了？她幹嘛一直這樣子？看不到甚麼顯明的徵象——不見血跡、沒有看得到的傷痕、也看不到撕毀了或弄皺了的信件，總之，甚麼足以解釋這女子的處境的証據都沒有。當然，我的好奇心（我想說「同情心」，但自知不是這種人）讓我對她的現況好奇，究竟她遇上甚麼事情才會變得如此悲傷？不過，細細想來，我也明白此事歸根究底，實在跟我拉不上任何關係。

　　事到如今我還是一頭霧水。自上次在巴士見過她後，這些年來我不知翻譯過多少故事，但再沒有遇上她。在同樣或別的路線的巴士上遇不到。或在我們一同走過的路線上的任何一個角落也遇不到。她一定還是弓着身體哭泣，害得靠近她身邊的人渾身不舒服。看到這景象的旁觀者，難免對此事發生的因由，各有一套

看法或猜測。説不定，真的只能説「説不定」，説不定一位害她這麼傷心的年青人也在那裏，只是一丁點兒也不吐露口風。我使勁把她趕出腦海，想到説不定有一天會再遇到她，那時她已是笑容滿面了。但誰知道呢？這種無法知道的無力感，我告訴你吧，足以令鬚眉男子哭出聲來。

境界

愛情失落，她這輩子從未如此沮喪過、傷心過，差點自尋短見去了。

她獨個兒走在街上，初夏拂面的微風她感受不到，吐艷的鮮花她亦視若無覩。

一位英俊青年人向她迎面走來，閃亮的眼睛像膠着的盯着她。他全情投入，徹底著迷。但這只給她添煩惱。

突然她聽到「嘭」的一聲響，嚇了一跳。她趕忙轉身，看到剛才迎面碰着電話柱的帥哥。

她微笑了。

那天晚上她睡得像個初生嬰兒。

我翻譯的這個故事，是一位中國作家的手筆。這故事討我喜

歡了好一段日子。但六年多後，我開始對故事結尾「**她睡得像個初生嬰兒**」那句話的含義感到不安。當這女子麻木不仁的表現害得我寢食難安時，我決定採取行動。我在書架上取下那本載有她作品的小說選集，翻到233頁，果然她就在那裏，題目叫〈樣子〉。雖然現在她已經醒過來，但仍是睡眼惺忪的，看到我這個「譯者」正活脫脫地站在她床前，顯然驚慌得有點不知所措。

「既然你已醒來」，我說：「我想跟你説幾句話。我帶了咖啡，就在外面小廚房等你。」

雖然説不定有一天她會看到我下面寫下來的話，我不得不説的是：如果她有突然迷倒一個陌生人的魅力，她該有我想像中那麼漂亮才是。但品味這回事，總是難以説得準。當然，她也上了些年紀。

她走入廚房，顯得有點提心吊膽似的，為了讓她覺得舒服點，我對她笑了笑，説：「好地方啊，獨個兒住麼？」

她對我的問題不理不睬，反問：「你來這裏幹甚麼？」聽她的口氣她是害怕了。我相信她從未有過跟她的譯者狹路相逢的經驗（還有其他譯者麼？有機會一定問她），現在突然在一個早該忘得一乾二淨的故事裏看到我，怪不得吃驚起來。「你要甚麼？」她説。

「我告訴你我要甚麼。不管你認不認識他，我想知道的是，當某人的腦袋跟一條電話柱碰個正着時，你怎會覺得好玩極了，

過癮得很？我想大多數人會上前問那倒霉的傢伙，『你沒事吧』或甚麼的。」我越説越興奮，渾身發熱起來。

「你聽着」，她説：「我經歷一連串瘀事之餘，還被男朋友拋棄。我哪有心情跟別人客客氣氣，更別説對那個色迷迷地看着我的男人有甚麼菩薩心腸。如果你認為我狠心，那就由得你吧。但實情是，我忍不住笑出來後，心中的怒氣和抑鬱也消解了。對的，那天晚上我睡得像個初生的嬰兒。」

「哎呀」，我説：「我懂了。也許我反應過激。一般而論，我們做翻譯的不會把自己捲入文本內的是非，但你的情形比較特殊，總之我該向你賠不是就是。」

該回家了。我轉過身來……呀，你猜猜看，「嘭」的一聲響，我猛地撞在門上。

我肯定聽到了身後咯咯連聲的一陣傻笑。

流在香港地下的血

　　我們看文學作品選集，習慣打開書後先看目錄再看正文。編者的前言後語和為了增加讀者對文本了解附上的參考資料，都可視為「餘興」。但若買來盧瑋鑾、鄭樹森主編，熊志琴編校的《淪陷時期香港文學作品選：葉靈鳳、戴望舒合集》的讀者，不妨先從「餘興」入手。

　　《作品選》中有《聖戰禮讚》這一條，作者署名「豐」，刊於1943年12月11日的《大眾周刊》。文章開頭說：

> 時至今日，以謀求東亞十億民眾從英美侵略榨取中獲得解放為目標的大東亞戰爭，在日本領導之下，其不敗基礎的確立，是盡人皆知的事實。……為了東亞的未來，為了中國的未來，協力日本完成這名副其實的聖戰，我們責無旁貸。

　　〈聖戰〉發表在淪陷後兩年的香港，如果我們不知作者的真實身分，這種「聖戰論」出現在日治時代的任何地區都不足為怪。「豐」究竟是誰？看了《作品選》提供的資料我們才知道這是葉靈鳳的化名。葉靈鳳1925年加入創造社，中日戰爭爆發初期，曾在上

海參加由夏衍主持的《救亡日報》工作。這樣一個身分不尋常的資深文化人，居然「認賊作父」，歌頌起侵略者的「聖戰」來。躲在「豐」面具後的葉先生，是否可以因此歸類為「漢奸」？這真的說來話長。正因如此，《作品選》兩位編者於是特別為此騰出篇幅收錄了好些相關文獻，好讓讀者據此自作主張。羅孚名下的有三篇：〈鳳兮鳳兮葉靈鳳〉、〈葉靈鳳的地下工作和坐牢〉和〈葉靈鳳的下半生〉。

葉靈鳳在香港淪陷期間，為了生活，還得靠筆耕過日子。據《作品選》列出目錄所載，他經常發表的文類，是署名「白門秋生」的〈書淫艷異錄〉。大概出於篇幅的考慮，《作品選》沒有收錄其中的代表作，只以「存目」交代。但從1943年4月3日發表的〈小引‧書痴‧書淫‧女身有蟲〉這個題目看，刊出這一輯別的文章是不會招惹甚麼政治風險的。且看幾個篇目：〈人肉嗜食史話〉、〈貞操帶之話〉、〈媚男藥、守宮砂、黃門天閹〉、〈借種的故事〉和〈初夜權〉等。

中國文人好用筆名，越是名家，別號越多，這也可說是「不求聞達於諸侯，但求苟全於亂世」心態的寫照。當然，即使在昇平時代，文人也有各種理由使用筆名求方便的。以葉靈鳳當時的處境而言，日本人要利用他的名望做「統戰」工作，不會讓你一直躲在「白門秋生」的假面後混日子，總得不時以本名「表態」一番

的。他給《大眾周報》寫的社論因此以葉靈鳳或「葉」的名字發表。〈中國人之心〉是一個例子，因有此一說：

> 為了中國的未來，為了東亞的未來，我們在協力完成大東亞戰爭下過程中，除了加緊認識日本之外，應該一面更加緊的認識自己。……大東亞戰爭清算着百年來英美對於東亞所施行的壓迫和奴化政策，中國本身也該乘這機會肅清自己盲目自大的惰性傾向和苟且偷安的奴隸心理。

收錄淪陷時期香港文學作品的編輯工作，不能「大膽假設」，只合「小心求證」，理應結合了鉤沉、探微、考證和引疏的「學究」功夫。編輯凡例說明了《作品選》不轉錄二手資料，所有選材均採自各大學圖書館的珍藏和兩位編者個人的版本。上面說過中國文人愛用筆名。有些可以確認。譬如說因為我們知道「趙克臻」原是葉靈鳳夫人的名字，所以不難相信出現在《大眾周報》的筆名如「克臻」、「克」、「臻」、「趙克進」、「克進」等皆從趙太太的名號衍生出來。

「小心求證」的探討，有時也會「技窮」的。兩位編者翻閱淪陷時期的十多種報刊，作品中有不少署名與葉、戴二人慣用的筆名相似，作品題材與風格亦有跡可尋，「但如無任何資料可以佐證確認為二人之作，本書一概不收入」。

葉靈鳳在淪陷時期的香港，靠賣「夜雨秋燈」式樣的文字糊口。「表態」文章如〈中國人之心〉是迫於形勢湊合起來的一堆符號。此外他有沒有寫過甚麼文章可讓我們從字裏行間觸摸到他「心懷魏闕」的心跡？

1942 年 8 月 1 日葉靈鳳在《新東亞》的創刊號以〈吞旃隨筆〉這個欄名發表了三篇散文：「伽利略的精神」、「火綫下的『火綫下』」、「完璧的藏書票」。正如羅孚先生在〈鳳兮鳳兮葉靈鳳〉一文所說，如果沒有「對香港文學有切實研究的小思」（盧瑋鑾教授）給我們解讀，單從內容看，這三篇隨筆諒也不會引人另眼相看。

「吞旃」一詞已是非「一般讀者」所能消化的典故。據羅孚引小思文所說，「吞旃」典出《漢書》卷五十四〈李廣蘇建傳〉。「**匈奴單於為了迫降蘇武，把他幽禁起來，『絕不飲食，天雨雪，武齧雪，與旃毛並咽之』。據顏師古註：『咽，吞也。』**」羅孚隨後補充說這教人想起當年流行的一首歌唱蘇武的歌謠：「渴飲雪，飢吞氈，牧羊北海邊。」「旃」同「氈」，是毛織物，可見蘇武每日吞的是毛織物，住「旃」搭成的穹廬。

〈吞旃隨筆〉欄名下還有屈原〈九歌・湘夫人〉四句：「**鳥何萃兮蘋中，罾何為兮木上，沅有芷兮澧有蘭，思公子兮未敢忘。**」盧瑋鑾引王逸《楚辭章句》解說：「首兩句是鳥當集木顛，卻在蘋中；罾當在水中，卻在木上，是『所願不得失其所也』。後兩句是

心有所思而不敢言，含義就更明顯了。」

　　日本人有深厚的漢學傳統。要是〈吞旃隨筆〉落在他們手中，葉靈鳳引〈湘夫人〉的句子，特別是「思公子兮未敢言」，這種隱喻是絕不會難倒他們的。故國神遊，秋水望穿的「公子」卻遲遲不現身，怎不教人神傷的「心懷魏闕」心態，昭然若揭。

　　其實要刻意在葉靈鳳的文字上興「文字獄」，〈吞旃隨筆〉中的第一篇「伽利略的精神」亦可找出「罪證」。伽利略（Galileo, 1564–1642），意大利天文學家，數學家和物理學家，據葉靈鳳覆述當年羅馬教庭審判他「異端邪說」的情景，只見「跪在十個紅衣主教的面前，伽利略終於被迫推翻自己的學說，撤消地球一面自轉一面繞日而行的理論，承認地球並非繞日而行，而且是不動的，可是當他自己打完自己的嘴巴，站起身來之後，卻自言自語悄悄地說：『我雖然取消了我的主張，然而地球仍是動的。』」。

　　這些話，若拿到當年日本的情報單位去解讀，大可列為葉某人所寫的「表態」文章無非是敷衍鋪陳「口是心非」的證據。他私底下還是相信地球是圓的，重量不同的球體，從高處同時拋下來，會同時落地。

　　葉靈鳳沒有因〈吞旃隨筆〉惹禍，逃過一劫，卻因參加了一個由國民政府特務頭子主持的通訊機構，被日軍偵破，抓去坐牢。此事如果不是葉靈鳳夫人在 1988 年 6 月 24 日致羅孚的信中披露出

來，我們也不會知道。依趙克臻所說，葉靈鳳出獄不久，又惹上一個麻煩。事緣他在農曆新年的《時事周報》上發表了題為「誰說『商女不知亡國恨』」，內容是元旦日他路過石塘嘴，見到那裏的導遊社等風月場所，居然掛上了青天白日滿地紅的國旗，很是感動。

文章刊出後的第二天，中區憲兵分部的「田村曹長」帶隊到葉家，聲稱「商女」一文帶有煽動性及「不友好的意念」，因此要帶作者回去問話。趙克臻那時正學日語，但表達能力不足，得靠日人帶來的通譯代為解說這是一句古人的詩句，「可能引用不當，並無敵意，而且愛國無罪，希望他不要追究。想不到田村聽了我的解說，微笑點頭，不久帶隊離去」。

葉夫人說「想不到」田村這麼輕易放人，其實我們也同樣感到意外。趙克臻在致羅孚的信上還說到，葉靈鳳在香港淪陷初期因跟國民政府一個特務機構有牽連，被日軍關了三個多月。後來趙太太「得到日本友人及軍政人員協助，靈鳳獲得無罪釋放，但不能離香港」。

信上也提到，當天被抓去坐牢的除葉靈鳳外，還有羅四維等五十多人。「香港金融界鉅子」胡漢輝，一聽到消息就立即離境。一同被拘捕的葉靈鳳的「難友」命運如何？趙克臻作了簡單的交代。葉靈鳳獲「無罪釋放」後，羅四維和邱氏兄弟亦相繼出獄，

「聽說在某種條件下，要為對方服務。可惜其他四十多人，大都被判死罪，或病死獄中，內中也有無辜的，此案就此了結」。

　　日本人兩次放過了葉靈鳳的「反動」作為，套用趙克臻的話，真教人「想不到」。邱氏兄弟中的「邱雲」，依趙克臻信上所說，是香港淪陷初期國民政府轄下的一個特務通訊機構的頭子。像他這種身分的人也能「相繼出獄」，大概只有如趙克臻所說，要依從「某種條件」在適當的時候，「要為對方服務」。

　　這兩句話留給讀者許多「想像空間」。葉靈鳳為人低調。抗戰勝利後，淪陷期間留港的一夥文藝作者為檢舉戴望舒「附敵」而向中華全國文藝協會重慶總會提出「建議書」，要求文協及其會員，「對於有通敵嫌疑之會員及其他文藝作家，應先由當地文藝界同人組織特種委員會，調查檢舉；在求得確實結論以前，不應與他們往來」……

　　戴望舒聽了這份「建議書」後，寫了〈我的辯白〉替自己解說，透露了他被日本人關起來的七個星期，挨毒打、忍飢餓，受盡苦刑。到快熬不下去的時候，「經葉靈鳳設法，託人把他自獄中保釋出來」（見盧瑋鑾，〈災難的里程碑 —— 戴望舒在香港的日子〉）。

　　1957年的《魯迅全集》有一條註文說葉靈鳳「抗日時期成為漢奸文人」，這指控的殺傷力極大，可是葉靈鳳沒有像戴望舒那樣

為自己說過話。(1981年版的《魯迅全集》的註文已刪去「漢奸文人」的字樣。)儘管指責的罪名不少,葉靈鳳生前還是不讓太太把當年的經歷寫出來,因為「一切已成過去,說出來也於事無補,但求問心無愧」。

看來葉靈鳳不願在人前談往事,一來性格使然,二來可能跟他在戰時替國民政府做過「地下工作」有關。且聽《作品選》編者對葉靈鳳「附逆問題」的意見:

> 葉靈鳳淪陷時期留港,可能是因為有任務在身。香港『金王』胡漢輝在一九八四年的訪問中回顧自己跟葉靈鳳在淪陷時期曾經替重慶做情報,工作是搜集報紙、雜誌送交內地。類似的例子頗多,右派可以參考奉命留守北平的學者英千里教授;英千里為中國國民黨黨員,奉命以天主教友身分留守北平天主教輔仁大學,實質從事地下工作;但英千里後來被指為『漢奸』,和平後備受抨擊。英千里從沒自我辯護。

我1956年到台灣讀書,就讀台灣大學外文系,當時的系主任正是英千里教授。他開的「西方文學導論」的課是必修科。老師坐三輪車到文學院門前,由助教攙扶慢步走上講壇。記得英先生堂上講課時,聲音低沉,像廣東人說的「中氣不足」,整個人看來就是健康有問題。這也是老師因病經常缺課的原因。

因為英先生對當年「附逆」的底蘊從未公開解說，所以他出任台大外文系系主任的消息傳出後，學界嘩然，逼得當局馬上給他澄清。原來他的身體是被日本人多次刑求弄壞的。兩位編者還在「附逆問題」一文內舉了左派作家關露的「冤情」。關露原是中共打入日偽的特務，在文化大革命中被鬥至絕路才說出真相以求活路，可惜已太遲了。「從這些左右例子比照推論，加上羅孚的說法，葉靈鳳淪陷時期的日記，以及其他已出土材料，葉靈鳳的情況也極有可能類同。」

葉靈鳳1946年5月3日的日記中有一段這麼說：「開始計劃寫『流在香港地下的血』，記述參加的秘密工作及當時殉難諸同志獄中生活及死事經過。在卅餘人之中，只有我是寫文章的，而我又倖而活着，所以我覺得有這責任。」

雖然當時殉難諸同志的身世不明，但總可以說他們是抗戰期間「統一戰線」的抗日志士。趙克臻致羅孚的信為我們提供了不少一手資料，但我們細讀字裏行間時，總禁不住浮起一些「小人之心」的猜測。譬如說，上面提到羅四維等人「相繼出獄」，趙克臻「聽說」是在「某種條件」下，要為「對方」服務。我們若就此解說這是羅某等人答應「倒戈」了，將來要給日本鬼子提供情報了，這種推論當然有違「科學」精神，但這也應該是我們對這「突發事件」看法的本能反應。實情如何，有待將來更多原始資料「出土」。

羅孚在〈葉靈鳳的地下工作和坐牢〉一文説到日本軍隊的憲兵對葉靈鳳的「反動」身世存有檔案:「葉靈鳳,別名葉林,中國國民黨港澳總支部調查統計室香港站特別情報員,兼同一總支部香港黨務辦事處幹事。」

　　在日本人的眼中,只要你「抗日」,不論你是國民黨也好,共產黨也好,都不會是他們輕易放過的敵人。你是絕不可能「清白」的。他們讓你「無罪釋放」,一定有內情。但當事人自己不説出來,我們也不好瞎猜。羅孚説葉靈鳳是1943年5月被日本人關進監獄的,「端午節進去,中秋節出來」。據葉靈鳳淪陷時期的著作目錄看,他第一篇「表態」文章〈中國人之心〉發表於1943年9月11日,亦即「無罪釋放」後幾個月內的事。在此以前,葉靈鳳以「白門秋生」名義獻藝,過「吞旃」日子。

　　日本憲兵為甚麼放葉靈鳳一條生路?除非將來有其他資料説明,目前我們只好半信半疑下去。國土重光後,葉靈鳳沒有回到上海,也沒去過北京。他繼續留在香港。羅孚説「一般被認為右或中間的作家以至左派的作家,他也都各有接觸。這樣,就成了左、中、右都有朋友的局面。而在左派之中,也有人認為他右,甚至於在他死去之後,還有生前和他有來往的極個別的左派人士説他是『漢奸』的」。

　　葉先生身世悠悠,看來連他太太也不好當他的「代言人」。他

真不該這麼「低調」。1945年後，好歹也該以文字交代一下自己在這塊「南天福地」上做「順民」的日子是怎麼過的。張愛玲從不「愛國」，不幸嫁了個「漢奸」，太平洋戰爭結束後一度背上了「附逆」的罪名。一向「傲物」的張小姐眼看非「表態」不可，寫了〈中國的日夜〉一文，其中有詩句云：「我的路／走在我自己的國土。／亂紛紛都是自己人。」

無端來作嶺南人

　　盧瑋鑾、鄭樹森主編、熊志琴編校的《淪陷時期香港文學作品選：葉靈鳳、戴望舒合集》，給我們通過所收的珍貴資料透視這兩位「南來」作家在香港怎樣熬過三年零八個月的「順民」歲月。

　　我收到天地圖書寄來《作品選》後跟鄭樹森教授通了一次電話。他說收在此書中的戴望舒作品，比較有新意的是他用筆名「達士」發表的「廣東俗語圖解」這一系列小品（下文再作介紹）。有關「淪陷時期的戴望舒」參考資料，《作品選》收了小思（盧瑋鑾教授）的〈災難的里程碑 —— 戴望舒在香港的日子〉和戴望舒被控「附逆」後寫的〈我的辯白〉等合共五篇文章。

　　戴望舒（1905–1950），浙江杭縣人，1930年「中國左翼作家聯盟」成立時，即為會員。1938年抗日戰爭爆發後，他攜眷從上海到香港，原先打算安頓家人後轉到大後方參加抗日工作。可是就因「一個偶然的機會」，留了下來，跟許地山等人組織「中華全國文藝界抗敵協會」的香港分會。

　　這個「偶然的機會」是他應了胡文虎三子胡好之邀，替快要出版的《星島日報》編副刊〈星座〉。他全身投入，以自己的名望向

國內和流亡在港的知名作家邀稿。郁達夫、沈從文、卞之琳、郭沫若、艾青等名家都被他一一「網羅」過來，難怪他不無自負地說：「沒有一位知名的作家是沒有在《星座》裏寫過文章的。」

更值得注意的是，他曾寫信給西班牙共和國的名流學者，請他們專為《星座》寫點東西，「紀念他們的抗戰兩周年，使我們可以知道一點西班牙之反法西斯戰爭的現狀，並使我們可以從他們得到榜樣、激勵」。戴望舒通曉的外語，包括法文和西班牙文，翻譯過不少作品。戴望舒傾力辦好《星座》，除了令香港的副刊面目一新外，也同時使這份文藝副刊變為抗日的精神標幟。日本人佔領香港後抓他去坐牢，應該跟他這一段經歷有關。

小思在〈災難的里程碑〉一文說，戴望舒留在香港前後超過十年。他只活了四十五歲。十年差不多是他四分之一的生命。至少對他個人而言，這十年香港的經歷，應該是一個重要的環節，可惜歷來就沒有詳細的記載，能夠找到的資料，都很零碎。資料不周全，我們對戴望舒在香港失守後的活動，也僅知其片段。譬如說，1941年12月25日下午，日本的先頭部隊進駐中環的「香港酒店」。香港政府已豎起了白旗。《星島日報》也停刊了。小思老師問得好：「這段日子，他怎樣度過？」她說偏偏就是沒有文字記錄。

其實，我們還搞不清楚的是，在鐵蹄下偷生的詩人，有機會脫離虎口，為甚麼不當機立斷，抓緊機會逃命？我們知道，從

1941年底到1942年春天，有三百多名包括茅盾在內的文化界知名之士，在中共黨中央策劃下，受到「東江縱隊」的保護，安全離開淪陷區香港抵達大後方。這三百多名劫後餘生的人士中，就不見戴望舒。「這真是一個謎。因為論知名度、論抗日熱誠，甚至論與左翼關係，他不該不在搶救名單內」，小思說。

此說言之成理，但反過來說，有沒有可能他本來就在名單內，但臨時出了甚麼「突發事件」耽誤了行程？真相究竟如何，可惜戴望舒自己沒有出來解釋。小思引徐遲的口述資料，說戴望舒沒有及時離開香港，因為他「捨不得他的藏書」。另外一位給我們解「謎」的是孫源。他在〈回憶詩人戴望舒〉說詩人是「因各種原因一時走不了」的。

香港光復後，有留港粵文藝作家二十一人就為檢舉戴望舒「附敵」的問題向中華全國文藝協會重慶總會提交「建議書」。文內毫不含糊地說：「竊以為戴望舒前在香港淪陷期間，與敵偽往來，已證據確鑿。」〈建議書〉在1946年2月1日《文藝生活》的光復版第二期刊出。「附敵」的罪名可不小，因此同年春天，詩人回到上海向「中華全國文藝協會」交代自己在淪陷時期香港的所作所為。為此他寫了〈我的辯白〉。

詩人在辯白書內透露了他給日本人關了七星期的牢，受盡酷刑毒打（然而他說並沒有供出任何人）。他是在垂死之前才被保釋

出來的。保釋的條件是不得離開香港。在牢中，他寫了〈獄中題壁〉：

如果我死在這裏，

朋友啊，不要悲傷，

我永遠地生存

在你們的心上。

我們之中的一個死了，

在日本佔領地的牢裏，

他懷着的深深仇恨，

你們應該永遠地記憶。……

對他有意見的港粵文藝作家檢舉戴望舒「附敵」行狀提出的證據是他參加了某些「偽」文藝刊物的活動，其中包括給「偽」《香島日報》總編輯羅拔高的文集《山城雨景》寫「跋」。戴望舒一生賣字療飢，此外再無其他本事。他出獄後跟兩位「難友」各以一百元軍票作資本，在利源東街開設了一家舊書店。起初一個月還賺了點錢，到了第四個月再無法撐下去，取名「懷舊齋」的書店只好關門大吉。看來他想棄文從商，放棄筆墨生涯，無奈事與願違。

敵偽時期的香港，日本的「香港佔領地總督部報導部」早就控

制了香港各大報章和文化機構。所有印刷品均以宣揚「聖戰」和協助發展「大東亞共榮圈」為宗旨。在這種政治壓力下生活的文人，「人為刀俎，我為魚肉」，早晚總有出亂子的一天。葉靈鳳為了向日本人「交心」，不得不按時應命交出像〈聖戰禮讚〉這類「表態」文章。日後這當然也是葉靈鳳「附敵」的證據。在淪陷期間的香港賣文為活，日常的交往即使是稿費的爭議，也可視為與「敵偽往來」。詩人若因此被控「通敵」，將會是他最難承受的冤屈。〈我的辯白〉有幾句話說得特別痛心：「也許我沒有犧牲了生命來做一個例範是我的一個弱點，然而要活是人之常情，特別是生活下去看到敵人的滅亡的時候。」

自1943年4月3日開始，葉靈鳳在淪陷區香港一部分的經常收入是用「白門秋生」筆名在《大眾周刊》寫的專欄，輯名叫「書淫豔異錄」。第一篇的「小引」為這專欄的文字定位：〈書痴‧書淫‧女身有蟲〉。跟着下一篇就見「醒目」的標題：〈媚藥和求愛的巫術〉。亂世文章不易為，漫談風月，應該不會帶來牢網之災。這個專欄一直維持到1945年6月22日。

戴望舒坐牢，後因葉靈鳳保釋出來。兩人出獄後合編報紙副刊。葉靈鳳在《大眾周刊》寫專欄，戴望舒也寫專欄，而且還在同一年、同一月、同一天見報。戴望舒稱得上學通古今，中國現當代文學外，還旁及西洋經典。他曾簽約翻譯西班牙文學代表作塞

萬提斯的小說《唐吉訶德》，可惜一直未能完成。除自己的詩和翻譯西洋文學作品外，他還熱衷推動中國通俗文學的研究和資料搜集。1941年1月4日他在《星島日報》闢了一個題名「俗文學」的專欄，認定「以中國前代戲曲小說為研究主要對象，承靜安先生的遺志，繼魯迅先生餘業，意在整理文學遺產，闡明民族形式」。

戴望舒留港十年，在那年代的外省人，只要鄉音不改，在本地人的眼中，永遠是個「上海佬」。詩人在《大眾周刊》開的專欄，居然是與陳第合作的「廣東俗語圖解」。戴望舒化名達士去解辭、陳第繪圖。乍看口齒不清的「上海佬」給幾乎是清一色的「老廣」讀者講解廣府話的俗語有點不倫不類，但只要明白戴先生一直對俗文學研究有興趣，就不會覺得奇怪了。小思這麼說：「據說戴望舒的上海口音還脫不掉，一個外省人去解釋廣東俗語，好像很『外行』，其實看過這些文字，就明白他把廣東俗語當成俗文學來研究。文中廣引古書筆記，加上廣東民間傳說及風俗資料，給廣東俗語來源合理的解釋，並不是信口雌黃的遊戲之作。」

七零、八零後的香港人，大概不明「竹織鴨」、「蛋家雞」和「盲佬貼符」所指何事何物，因為他們有自己一套跟得上時代的 in 俗語。Out 的 expression，大概只有在 out 的粵語殘片中聽到。

讀〈竹織鴨〉一條，詩人引經據典一番後，就用「我們廣東人」的語氣說，「這個小玩具便是細蚊仔們的恩物」，認定「竹織鴨」三

字是「冇心肝」的代名詞。鴨之為物，中華大地各地區對其觀感各有不同。戴望舒引宋莊「雞肋編」云：「浙人以鴨兒為大諱。」戴詩人又說在《水滸傳》中鄆哥激武大郎去捉潘金蓮的奸，就嘲他是鴨子，「猶之我們現在罵人烏龜」。

戴望舒把廣東俗語看作一門學問來研究，碰到文字欠「端莊」的部分，沒有考慮到「兒童不宜」這種風化問題，一本依書直說的精神慷慨道來。譬如說〈亞君買水〉這回事。他先用兩百餘字介紹廣東人辦喪事「買水」這習俗，然後步入正題：「亞君去買水，不是替家裏那兩條『老坑』去買，而是買給他的『老婆大人』的。」老婆大人在亞君眼中貌若天仙，話說兩人婚後恩恩愛愛生活在一起如膠如漆，只可惜好景不長，嬌妻不知何故竟生起病了。亞君請了好幾個「黃綠醫生」給她診治，誰料回天乏術，嬌妻最後一命嗚呼。

亞君日夕椎胸頓足，以眼淚洗臉，不在話下。「因為他垂的頭太低，差不多把頭顛倒轉，淚水就向額頭滾下，所以有『亞君買水眼淚流上額頭』這佳話。然而，亞君買水之『佳話』並不在此而在後，因為他在他的眼淚流上額頭之際，嘴裏也不覺發出一串至情的呼喚：『×得你少！×得你少！×得你少！』」

慣看「學院派」文章的讀者難免有此一問：戴詩人留港期間，即使在日常生活中廣東話足夠應用，但俗語這個題目，他寫了八

十多篇，這個「上海佬」怎應付得來？按道理，詩人應該有個「老香港」做他的「解人」吧？看來有關這方面的資料也是零碎不全，我們就不知道他究竟有沒有，就像我們今天未能肯定當年他沒有被東江縱隊「搶救」是甚麼原因一樣（假定他的名字是在「搶救」的名單之內）。我們可以猜想，香港一懸掛太陽旗後，日本人是不會讓像戴望舒這麼一個有名望的人賣豆漿油條過日子的。但在日人控制下的機構討飯吃，怎逃得過「附逆」、「通敵」的罪名？戴詩人在香港淪陷時「沒有犧牲了生命來做一個例範」，但如果馬凡陀在〈香港的戰時民謠〉所說的話屬實，那麼戴詩人曾以另外一種生命在「敵後」做了不少激奮民心的工作。原來日本人佔領香港後，為了紀念他們的「勝利」和傷亡戰士，不惜工本建了一座非常神氣的「忠靈塔」。被迫去當苦工的香港同胞當然心有不甘，於是當時口傳的民謠中有這麼一個調調：「忠靈塔，忠靈塔，今年造，明年拆。」此外還有咒罵甚麼「神風飛機」的：「神風，神風，隻隻升空，落水送終。」據說這類出自戴望舒的歌謠，一共有十餘首。看來在當時的政治環境中，書生報國，亦僅能如此而已。

本文僅以盧瑋鑾教授大文〈災難的里程碑〉的結語作結語：

戴望舒離開了佔去他生命十分之一時間的香港，……也許他沒有留給香港人一些甚麼，香港也沒給他甚麼，他說：「那

不是我的園地，我要找自己的園地。」

「**無端來作嶺南人**」，詩出陳寅恪。

閒話閒適

　　我手上錢理群、溫儒敏和吳福輝三人合著的《中國現代文學三十年》，是2001年12月第十一次印刷的版本，北京大學出版社出版。我多次翻閱，一直奇怪的是，雅舍主人梁實秋的生平與著作，竟然在這文學簡史中隻字不提。本世紀初三聯書店出版篇幅龐大的《中華散文百年精華》，打開目錄一看，許多當年亮麗一時的名家作品，今天已成歷史的記憶。有些還可以在中學生的課本中聽到回響，如朱自清的〈背影〉，或俞平伯的〈槳聲燈影裏的秦淮河〉。但我們今天的「小讀者」，再也不會有耐心去聽冰心的〈病榻囈語〉了。許地山的散文有鮮明的淑世意識，可惜文字古板無味。梁遇春小品深得十九世紀英國familiar essay神髓，有望成大家，只恨天不假年，二十六歲就逝世。

　　五、六十年前的散文，今天還耐讀的應該是魯迅的雜文和周作人的隨筆。所謂「耐讀」就是文字和內容經得起一看再看。譬如說魯迅給香港青年講的話〈老調子已經唱完〉，今天聽來依然有「警世通言」的味道。他說：

老調子將中國唱完，完了好幾次，而它卻仍然可以唱下去。因此就發生一點小議論。有人說：「可見中國的老調子實在好，正不妨唱下去。試看元朝的蒙古人，清朝的滿洲人，不是都被我們同化了麼？照此看來，則將來無論何國，中國都會這樣地將他們同化的。」原來我們中國就如生著傳染病的病人一般，自己生了病，還會將病傳到別人身上去，這倒是一種特別的本領。

魯迅這番話，是1927年在香港青年會講的。他說我們能夠同化蒙古人和滿洲人，是因為他們的文化比我們的低得多。倘若對手的文化跟我們相當或更進步，那我們不但不能同化他們，「反要被他們利用了我們的腐敗文化，來治理我們這腐敗民族」。

舒蕪替劉應爭編的《知堂小品》寫序一開始就引用魯迅的說法，把周作人列為「中國新文學史上最大的散文家」。原來美國記者Edgar Snow在1936年請魯迅列出他心目中「中國新文學運動以來的最傑出的散文家」的名單。交出來的名單是：周作人、林語堂、周樹人、陳獨秀、梁啟超。（英文essay這個字，涵義很廣，包括隨筆、小品和雜文。相當的中譯應是「散文」。）

光拿文學作品的標準來量度，魯迅列出的名單，今天只有周氏兄弟的著作會一版再版。陳獨秀和梁啟超的雜文，內容與國情

和社會動態密不可分，因此「話題」一旦事過境遷，即使曾經**轟動**一時的作品也會變成歷史文獻。林語堂的幽默小品，當年是一時之尚，只是今天看來，他的 sense of humor 有時稍嫌造作。幽默本來要妙趣天成的。

算起來出現在魯迅名單的「五條漢子」，以知堂老人的小品最經得起時髦話所說的「時代的考驗」。舒蕪認為知堂平生文章，可分「正經」的與「閒適」的兩大類。正經文章多表達他的思想和意見，難免涉及他經世濟民的心願。閒適文章則多以草木蟲魚為本。這兩種文章的分別是，用知堂的話說：「我寫閒適文章，確是吃茶喝酒似的，正經文章則彷彿是饅頭或大米飯。」

知堂正經的書寫，合該列為歷史文獻的一種。賴以傳世的，卻是讓我們感到吃茶喝酒樂趣的閒適小品，如通常引為教學例子的〈喝茶〉和〈北京的茶食〉。老人說得好：「我們於日用必需的東西以外，必須還有一點無用的遊戲與享樂，生活才覺得有意思。」甚麼是無用的遊戲與享樂呢？看夕陽、聞香、聽雨、吃不求飽的點心和不解渴的酒，這都是。

周老夫子如果沒有靜觀萬物的閒情、沒有隨手作筆記的習慣，不會寫出像〈蝨子〉這種「無用」的文章來。他引了美國人類學家洛威（R. H. Lowie）的話說，老鼠離開將沉的船，愛斯基摩人相信蝨子也會離開將死的人。因此身上沒有虱子的愛斯基摩人會

覺得非常不自在。「兩個好友互捉頭上的蝨以為消遣，而且隨即莊重地將它們送到所有者的嘴裏去。」知堂補充説，這種「生吃」蝨子的習俗並不限於冰天雪地的居民。在亞爾泰山和南西伯利亞的突厥人也愛吃這種「野味」。他們的皮衣裏滿生着虱子，「那妙手的土人便永遠在那裏搜查這些生物，捉到了的時候，咂一咂嘴兒把它們都吃下去」。

　　知堂對蝨子行狀觀察之細微，處處出人意表。他對〈蒼蠅〉的論述，更教人歎為觀止。文章一開始就説：「蒼蠅不是一件很可愛的東西。」但你往後看，説不定對蒼蠅的看法會有點改觀。據希臘的傳説，蒼蠅本是一名叫默亞 (Muia) 的少女，人長得漂亮，只是嘴巴太愛説話。她愛上月神的情人恩迭米盎 (Endymion)，當他睡覺的時候老是纏着他講話或唱歌，使他無法安息。月神一怒，把她變為蒼蠅。化作蒼蠅後的美少女，一樣不肯讓人家安睡。她特別喜歡攪擾年輕人。

　　周作人通曉多種外語，尤精於日文。他説在日本俳諧詩的傳統中，蒼蠅經常出現。比較突出的是小林一茶，他的俳句選集，詠蠅的有二十首之多。小林一茶跟麻衣赤足的天主教聖人方濟各樣懷抱，視一切生物為兄弟朋友。世人一看到蒼蠅的醜相，都要拿拍子去打，詩人馬上以俳句請命：「不要打那，蒼蠅搓他的手，搓他的腳呢。」知堂老人引了路吉亞諾思 (Lukianos) 一條資料

説，「古代有一女詩人，慧而美，名叫默亞，又有一名妓也以此為名」。老人有感而發説，「中國人雖然永久與蒼蠅同桌吃飯，卻沒有人拿蒼蠅作為名字」。此說很難作準，因為 Muia 原是希臘文，沒有周作人語文根底的，那知「默亞」原來是蒼蠅？Muia 聽來，就跟 Lucy 或 Judy 一樣悦耳。移民局官員，即使在櫃檯上看到 Muia Chen 的護照，還不是一樣放行如儀？

梁實秋在學界的聲名立於他譯的莎劇。對一般讀書人來説，他是《雅舍小品》的雅舍主人。跟周作人的情形相似。梁實秋的作品也可大略分為「正經」的和「閒適」的兩類。不同的是，知堂寫的雖是草木蟲魚這種「閒適」的題目，用的卻是「鈎沉」的氣力。梁實秋也是有學問的人，但「真人」不露相，你看到的《雅舍小品》作者，是一個深通人情世故、看盡世間悲歡離合卻又能一直保持樂觀的老頭。他文章裏四時長新的幽默感是他的養生之道。他的幽默章法左右開弓，既開朋友的玩笑、也拿自己尋開心。晚年的雅舍主人重聽。聽朋友説話：

> 首先是把座席移近，近到促膝的地步，然後是把並非橡皮製的脖子伸長，揪起耳朵，欹耳而聽，最後是舉起雙手附在耳後擴大耳輪的收聽效果。

説來説去，耳朵失聰和眼睛失明的遭遇，都是人生實苦的一

個不幸環節。但讀雅舍主人的文章，切忌聽一面之詞。轉眼之間他化悲為喜：

> 聾子也有因禍得福的時候。凡是不願或不便回答的問題一概可以不動聲色的置之不理，顧盼自若，面部無表情，大模大樣的作大人狀，沒有人疑到你是裝聾。……耳聾之益尚不止此。世上說壞話的人多，說好話的人少，至少好話常留在人死後再說。

跟周作人的文字風格相比，梁實秋吐屬親民。他比知堂老人更世俗、更接近鄉親父老。這可從四集《雅舍小品》目錄上載的題目看出來。他熱衷的是我們日常生活的人與事，一些說來本來卑之無甚高論的小事情，一經他道出，就化腐朽為神奇。〈理髮〉一文，剛一開場就見陰風陣陣。舊時的理髮店，「**門口擔挑的剃頭挑兒，更嚇人，豎着的一根小小的旂杆，那原是為掛人頭的**」。

好了，你驚魂甫定，昂然走進那小店，落髮的階段過後，現在是刮臉的時分了，只見「**一把大刀鋒利無比，在你的喉頭上眼皮上耳邊上，滑來滑去，你只能瞑目屏息，捏一把汗**」。屏息閉目期間，你儘管心猿意馬好了，可千萬別想歪，千萬別想起「**相聲裏那段笑話，據說理髮匠學徒的時候是用一個帶茸毛的冬瓜來做試驗的，有時走開的時候便把刀向瓜上一剁，後來出師服務，**

常常認錯人頭仍是那個冬瓜。」

其實舊時在理髮店刮臉，師傅的前身是「冬瓜學徒」固然要提防，更要緊的，是請老天爺幫忙，千萬別在自己在剃刀邊緣時動肝火光天化日下突然來個雷電交作。此話半點沒有虛假。梁實秋引了美國社會學家Robert Lynd (1892–1970)的一篇文章，記述一個矮小的法國理髮匠在雷雨中給他刮臉的經驗：

> 電光一閃，他就跳得好老高。還有一個喝醉了的理髮匠，舉着剃刀找我的臉，像個醉漢的樣子伸手去一摸卻撲了個空。最後把剃刀落在我的臉上了，他卻靠在那裏鎮定一下，靠得太重了些，居然把我的下頰右方刮下了一塊鬍鬚，刀還在我的皮上，我連抗議一聲都不敢。

阿彌陀佛。時代的巨輪今天終於把這班拿着凶器給人家美容的寶貝趕去吃時代的塵埃。今天對barber的尊稱，是「髮型師」，對不對？他們「修髮」，溫柔得不得了。

梁實秋文字，含英嘴華，春華秋實，小品文的造詣，獨步文壇。他成名於上世紀四十年代，1949年到台灣後仍筆耕不倦，可是論文字功力，還是《雅舍小品》中的初集和續集最見光彩。近見李玲編選的《梁實秋精選集》(北京燕山出版社，2010)。序文〈樂生曠達，優雅風趣〉，立論公正持平，結尾一句教人看了舒服：

「梁實秋的散文是二十世紀中國文學中的寶貴財富」。看來秋郎已經「平反」了。